이거 책이다

이것이 법이다 167

2023년 9월 20일 초판 1쇄 인쇄
2023년 9월 25일 초판 1쇄 발행

지은이 자카예프
발행인 강준규

기획 이기헌 왕소현 임동관 박경무 강민구 조익현
책임편집 최전경
마케팅지원 이원선

발행처 (주)로크미디어
출판등록 2003년 3월 24일
주소 서울시 마포구 마포대로 45 일진빌딩 6층
Tel (02)3273-5135 **Fax** (02)3273-5134
홈페이지 rokmedia.com **E-mail** rokmedia@empas.com

ⓒ 자카예프, 2015

값 9,000원

ISBN 979-11-408-1343-8 (167권)
ISBN 979-11-255-9575-5 04810 (세트)

이것이 법이다

167

자카예프 장편소설

로크미디어

CONTENTS

저작권 위반이 아니라고 생각해?

노형진은 박도상이 저작권자일 거라고 의심했다.

아니, 거의 확신이었다.

기업이 저작권을 빼앗는 것보다는 개인이 저작권을 빼앗는 게 더욱 이득이 되기 때문이다.

저들이 사실 조회 신청을 거부한 시점에서 그 의심은 거의 확신이 되었다.

하지만 그걸 증명하고 소송하는 건 전혀 다른 문제였다.

"이거 소송이 가능해?"

"가능해."

"하지만 아이디어는 보호받지 못한다며? 그 이야기가 도대체 몇 번 나오는 거야?"

그 말에 노형진은 머리를 긁적거렸다. 확실히 그건 그렇다.

"그런데 그 아이디어가 참 애매한 부분이 있거든. 완성된 시점에 대한 분석이 중요한데, 현재 저작권법에서 봤을 때 제출된 콘티에 대한 저작권은 인정될 가능성이 높아."

"콘티? 그 둥글둥글 이상한 그림들?"

"그래."

콘티란 어떤 저작물을 만드는 데 필요한 요소들을 지면에 장면별로 정리한 것이다.

"그게 저작권의 대상이 된다고? 내가 그려도 그거 한 30분이면 그리겠던데."

"그것도 안 걸릴걸."

사실 콘티라는 건 사람마다 다르다.

어떤 사람은 진짜 원작에 준해서 아주 자세하게 그리기도 하지만 어떤 사람은 구도만 파악할 수 있을 정도로 간략하게 그린다.

그리고 솔직히 대부분의 사람들은 콘티를 대충 그리는 편이다.

그럴 수밖에 없는 게, 콘티란 확정된 게 아니다. 그렇다 보니 공을 들여서 그릴 이유가 없다.

"그런데 그게 저작권 대상이라고?"

"그림이 아니라 구도가 중요하지."

"구도?"

"그래. 사실 많은 작품에서 구도가 영향을 미쳐."

노형진은 피식 웃으며 말했다.

하긴. 대부분의 사람들은 이런 것에 어떤 문제가 있는지 모르니까.

"사실 이런 상업 작품에서 구도는 엄청나게 중요하지. 그래서 재미있는 사건도 있었고."

"무슨 사건인데?"

"사진 표절 사건인데…….."

어떤 사진 대회에 동일한 사진 두 장이 제출되었다.

동일한 위치, 동일한 시간에 동일한 각도로, 떠오르는 태양을 찍은 사진.

누가 봐도 완벽하게 똑같은 사진이었고, 그 때문에 공모전 주최 측에서는 둘 중 누가 원작자인지 알아내야 했다.

당연히 두 사진을 제출한 사람들은 서로 자신이 원작자임을 주장했고, 결국 서로를 고소하면서 법적인 싸움으로 번졌다.

"누가 훔친 건데?"

"웃긴 게 뭔지 알아? 누구도 사진을 훔친 게 아니었어."

"뭐? 그런데 어떻게 두 사람이 한 장의 사진을 내?"

"그게 웃긴 거지."

한 장의 사진이 아니었다. 정말로 두 사람 다 같은 일시, 같은 위치에서 사진을 찍은 거다.

다만 두 사람 사이에 장애물이 있어서 서로를 인식하지 못

했을 뿐.

서로 거리라도 좀 있었으면 각도라도 달라질 만하건만, 웃기게도 두 사람 사이의 거리는 10미터 정도밖에 되지 않아서 육안으로는 각도 차이도 없었던 것.

"결국 그 작품은 각각의 저작물이 되었지."

"웃긴 사건이네."

"그래, 웃긴 사건이지. 하지만 그 사건을 통해 많은 걸 알 수 있지."

"어떤……?"

"그 당시 사건에서 주요 쟁점 중 하나가 구도였거든."

해는 매일같이 뜨고 매일같이 진다.

그날의 태양이 딱히 다를 것도 없었다.

바다를 배경으로 찍은 사진이라 딱히 귀할 이유도 없고, 특별한 뭔가가 찍힌 것도 아니었다.

"그런 작품에서 중요한 건 구도였지."

"구도라……."

"이거 봐 봐."

노형진은 그 둥글둥글하게 그려진 그림과 연재된 그림을 겹쳐 보았다.

"똑같지?"

"응? 그러네. 처음에는 잘 몰랐는데."

당연히 처음에는 잘 모를 수밖에 없다.

이것이 법이다

한쪽은 온갖 효과가 들어간 완성된 그림인 반면, 다른 한쪽은 둥글둥글, 대충 위치만 잡혀 있는 미완성된 그림이니까.

"그래, 그렇지. 그런데 말이야, 이건 명백하게 저작권 위반이야."

"구도가 같으니까?"

"그래. 이걸 트레이싱이라고 해."

트레이싱은 특정 그림을 베끼듯 똑같이 그리는 작법이다.

이 자체는 불법이 아니다.

트레이싱은 그림을 배우는 가장 기본적인 방식이기 때문이다.

문제가 되는 건 트레이싱한 그림을 상업적으로 사용하는 것, 즉 트레이싱한 그림으로 돈을 버는 행위다.

"일본 출판사들은 취재 팀을 따로 운영하고 현장에 가서 사진을 찍어 오게 하지. 왜일 것 같아?"

"응? 그런 규정이 있어?"

"그래. 너도 인터넷에서 일본 만화에 현장 그림이라고 많이 올라오는 거 봤지?"

"응, 봤지."

예쁜 정원이라든가 정겨운 골목이라든가, 아니면 오래된 작은 역이라든가.

그런 곳을 실제로 일본 만화나 애니메이션에서는 자주 등장시킨다.

"그 그림들 모두 인터넷에 올라온 사진을 보고 그린 것 같지? 아니야."

"아니라고?"

"그래. 한국에서는 딱히 그렇게까지는 하지 않지만 일본은 이 트레이싱 때문에 몇 번 시끄러운 적이 있어서."

트레이싱을 상업적으로 사용하는 게 다 불법인 것도 아니다.

정확하게는 자신에게 저작권이 있거나, 저작권이 있는 사람에게서 허락받은 사진이나 작품은 상업적으로 사용해도 문제없다.

"그래서 일본에서는 전문 팀을 운영해."

주요 지점이나 만화에 쓸 만한 장면의 사진과 자료를 모아 두고 직접 그곳에 찾아가서 사진을 찍어 둔다.

인터넷에 예쁜 사진이 올라왔다고 해도 그걸 그대로 쓰는 게 아니라 가서 다시 똑같이 사진을 찍는 거다.

그래야 출판사에 사진과 저작권이 생겨서 트레이싱 문제없이 작품을 만들 수 있기 때문이다.

"그런데 말이야, 이 구도와 작품을 봐."

"이건 대놓고 그린 거네."

"맞아."

이건 진짜로 대놓고 그린 거다.

애초에 공모전을 할 당시에 조건 중 하나가 최소 8화 이상의 콘티를 제출하는 것이었으니까.

"아마도 제출한 콘티를 따라 그대로 그린 거겠지."

"헐."

노형진의 말에 서세영은 신기하다는 듯 그 두 가지를 번갈아 바라보았다. 그러더니 입을 열었다.

"오빠, 그런데 여전히 이해하기 어려운 게 있는데."

"뭐가?"

"그냥 사진이잖아. 구도일 뿐이고. 그리고 나도 웹툰을 봐서 아는데, 솔직히 웹툰에서 나올 수 있는 구도는 한정적이잖아. 그런데 왜 거기에 저작권이 생기고 왜 그게 문제가 되는 거야?"

그 말에 노형진은 머리를 긁적거렸다.

"음, 여백도 결국 작품의 영역이거든."

"이해가 안 되는데."

"쉽게 말해서 상황에 맞는 구도 표현이 그 작품의 정서를 표현하는 하나의 수단이라는 거야."

예를 들어 영화 속 캐릭터는 대부분 선역은 오른쪽에, 악역은 왼쪽에 배치한다. 그리고 영화를 촬영할 때 카메라는 왼쪽에서 오른쪽으로 움직이며 촬영한다.

만화도 마찬가지.

만화에서 두 사람이 말싸움하는 장면을 여러 컷에 걸쳐 그릴 때는 아무리 공간이 충분해도 그 두 사람이 대칭되도록 끝과 끝에 배치한다.

"그런 구도는 절대로 그냥 만드는 게 아니야."

선역을 오른쪽에 배치하는 이유는 화면의 오른쪽부터 보는 사람의 비율이 높기 때문이다.

왼쪽에서 오른쪽으로 이동하며 촬영하는 이유도 마찬가지다.

만화에서 캐릭터를 그렇게 양극단에 배치하는 이유는, 그 가운데의 빈 공간으로 그들 사이의 거리감을 표현하기 위함이다.

"하여간 내가 다 아는 건 아니지만 결국 그 흐름과 구도 그리고 여백도 감정 표현의 한 수단이라는 거지."

단순히 빈 게 아니라 그 비어 있음으로 인해 더더욱 감정 전달이 잘된다는 것.

"인간의 대화는 60%가 몸으로 이루어진다고 하잖아."

"나도 그거 들었어."

인간의 대화에서 언어가 차지하는 비중은 겨우 40%밖에 안 된다던가?

그래서 전화나 톡으로 싸우는 경우 극단적으로 감정적인 대화가 오가는 이유가 그거라고 했다.

제스처나 표정 등 몸에서 알아챌 수 있는 신호를 볼 수 없다 보니 최악만을 가정해서 서로를 대하기 때문이다.

"이것도 마찬가지인 거네."

"그렇지. 그리고 이번 사건에서 보다시피, 저들은 대놓고 저작권을 침해했지."

아이디어는 보호받지 못한다. 그건 틀린 말이 아니다.

하지만 그게 가능한 이유는, 참영이나 박도상이 저작권자가 아니라 서비스를 하는 업체이기 때문이다.

하지만 만화를 직접 그린 작가는?

당연히 최소한 이 콘티에 관한 저작권을 위반한 거다.

그것도 한두 편이 아니라 무려 여덟 편을 말이다.

"우리가 회사는 고소 못 해도 저작권자는 고소할 수 있지."

"오빠, 하지만 지난번에도 회사에서 고소했지만 자료를 안 줬잖아."

개인정보보호법상 사건을 특정하기 위해서는 어떻게 해서든 상대방을 특정해야 한다.

"하지만 참영에서는 절대로 주지 않을 텐데."

얼마 전에도 사실 조회 신청을 통해 자료를 요청했지만 그들은 개인 정보이고 예민한 문제라는 이유로 자료의 제공을 거부했다.

문제는 이게 불법이 아니라는 거다.

"알아. 불법은 아니지. 하지만 그렇기 때문에 다른 방법이 있지."

"다른 방법?"

"그래, 후후후."

노형진은 씩 하고 웃었다.

"문제는 그거죠. 그걸 증명하기 위해서는 증거가 필요하다는 것."

주장하는 자가 증명해야 한다.

그건 노형진도 어길 수가 없는, 법률의 가장 핵심적인 요소다.

물론 검사들은 어겨도 된다고 생각하고 실제로 재판에 들어가서도 '무죄인 걸 증명하라.'면서 고래고래 소리를 지르지만, 변호사들 사이에서는 주장하는 자가 증명해야 한다는 것이 절대적인 규칙이었다.

"그건 저희가 어떻게 도와드릴 수가 없는 건데요."

노형진의 말에 그와 마주 앉아 있던 그린미디어 대표 장혜린은 곤란한 표정으로 말했다.

"저희는 드라마 제작사지 법률 회사가 아닙니다."

"알고 있습니다."

드라마 제작사 그린미디어.

이곳은 네트웍플러스와 손잡은 곳이었다.

그들이 얼마 전에 제작한 〈달콤한 복수〉라는 드라마는 한국 방송국에서 방영되었는데, 그럭저럭 나쁘지 않은 성적을 냈다.

'그리고 다음 작품이 초대박이 나지.'

정확하게는 새로운 시도를 꾀하고 있는데, 애석하게도 한국은 새로운 타입의 드라마 제작에 전혀 관심이 없는 곳이었기에 그에 투자하려는 이들도 전혀 없었다.

　'그래서 네트웍플러스로 가지.'

　그리고 그 작품은 거대한 신드롬까지 일으키면서 전 세계를 쥐고 흔들게 된다.

　실제로 네트웍플러스에서 가장 성공한 작품이었고, 그 타이틀을 엄청나게 오래 유지하게 된다.

　'다만 지금은 제작에 고통받고 있지.'

　그도 그럴 게, 워낙 기존 작품과 완전히 다른 방식으로 전개되다 보니 한국에서는 투자자를 모을 수가 없었기 때문이다.

　"그 〈고전 게임〉 드라마 제작, 잘 안되시죠?"

　노형진의 질문에 장혜린 대표가 흠칫 놀랐다. 어떻게 알았느냐는 표정이었다.

　"그거야 그런데⋯⋯."

　〈고전 게임〉이라는 드라마는 한국은 물론 전 세계적으로도 없었던 스타일의 작품이라 투자도 받지 못하고 있었다.

　특히 중국이 한국 드라마에 대한 투자 지분을 워낙에 많이 차지하고 있는 상황이라 더더욱 힘들었다.

　절대로 중국에서 좋아할 만한 주제의 드라마가 아니었으니까.

　"그걸 어떻게 아신 거죠?"

결국 그린미디어는 권한을 통째로 넘기는 조건으로 네트워크플러스에서 투자를 받았고, 네트워크플러스는 그걸로 수조 이상의 수익을 냈다.

"미다스는 네트워크플러스의 대주주죠. 그리고 그의 판단 능력은 대단하고요."

"아아~."

확실히 그런 소문이 있다. '미다스는 실패하지 않는다.'

그건 단순히 영화 산업에만 국한되는 소문이 아니다.

애초에 노형진은 회귀 전 경험을 바탕으로 투자하는 거니까.

"그래서 네트워크플러스에서 위험하거나 불확실한 작품을 종종 물어보기도 합니다."

"그런가요?"

그 말에 장혜린은 고개를 끄덕거리면서 납득했다.

아직 드라마 계약은 되어 있지 않지만 투자를 위해서 시나리오와 대본은 보낸 상황이니까.

'뭐, 여기까지만 해도 충분하겠지.'

사실 그런 식으로 물어보는 경우가 없는 건 아니지만 〈고전 게임〉에 대한 문의는 들어오지 않았다.

왜냐하면 미다스는 접촉하기도 힘들고, 무엇보다 바빠서 막대한 투자금이 들어간 작품에 대해서만 물어보기 때문이다.

그런데 〈고전 게임〉의 경우는 제작비 자체가 미국계 드라마의 제작비에 비해 4분의 1도 안 되다 보니 애초에 물어보지도 않았다.

그러나 이 정도만 말해도 장혜린은 착각하게 된다.

실제로 장혜린은 이미 넘어갔고.

"도와주시면 제가 거기에 투자해 드리죠."

"투자요?"

"네."

"얼마나요?"

"전액 투자하겠습니다."

"저…… 전액 말입니까?"

그 말에 장혜린은 자신도 모르게 자리에서 벌떡 일어났다.

그럴 수밖에 없는 게, 제작비가 적지 않을 거라 생각하고 있기 때문이다.

못해도 120억은 들어갈 거다.

아니, 스토리상 기존 세트는 못 쓰고 새로 다 만들어야 해서 더 들어갈 가능성도 있다.

실제로 회귀 전 해당 드라마 제작비는 무려 200억이었다.

네트웍플러스 입장에서는 적은 돈이지만 한국에서는 엄청난 제작비다.

'그리고 그린은 애석하게도 제대로 수익을 못 냈지.'

그린미디어가 망하거나 실패했다는 뜻이 아니다.

계약 방식의 차이 때문이었다.

한국은 드라마 제작비를 아주 박하게 준다.

정확하게는, 실제 제작비의 50% 정도밖에 주지 않는다. 나머지는 외부 투자를 받거나 PPL을 통해 받도록 한다.

그에 반해 네트웍플러스는 제작비를 전액 지원해 준다. 그리고 심지어 작품이 망해도 상당한 수준의 수익도 같이 지급한다.

두 가지를 비교해 보면 네트웍플러스와 계약하는 쪽이 훨씬 이득 같지만 일장일단이 있다.

한국 방식은 돈을 조금 주는 대신에 드라마 방영권을 제외한 다른 건 요구하지 않는다.

즉, 잘 만든 드라마를 해외나 다른 OTT 서비스에 팔아서 수익을 낼 수 있다는 뜻이다.

실제로 한국 드라마 제작사는 방송국에 파는 것보다 오히려 그런 방식으로 더 큰 수익을 낸다.

그에 반해 네트웍플러스는 막대한 돈을 주는 대신에 저작권 자체를 요구한다.

그래서 초대박이 나고 신드롬까지 터져도 원제작자는 그리 큰돈을 벌지 못한다.

실제로 〈고전 게임〉이라는 드라마가 그랬다.

다행히 시즌 2에서 어마어마한 투자비와 막대한 제작 수익을 보장받을 수 있었지만, 시즌 1의 성공으로 전 세계에서 벌어들인 수천억의 추가 수익은 온전히 네트웍플러스의 수입이 되었다.

왜냐하면 저작권 자체가 네트웍플러스에 있다 보니 관련 상품이나 패러디로 벌어들인 수익도 그린미디어가 아닌 네트웍플러스의 몫이기 때문이다.

'하지만 내가 투자하면 이야기가 달라지지.'

이미 만든 걸 파는 건 네트웍플러스도 권리를 요구하지는 않는다.

"하지만 그…… 〈고전 게임〉은……."

"압니다. 죄다 망한다고 하죠?"

실제로 이 〈고전 게임〉이라는 드라마의 대본은 한두 해 전에 완성된 게 아니다. 벌써 6년 전에 완성돼서 여기저기 컨택하고 있는 건데, 대본을 본 한국 제작자들은 하나같이 '망한다'며 고개를 저었다.

사람들은 장혜린이 〈고전 게임〉을 드라마로 제작하겠다고 했을 때 망하려고 발악한다고, 그럴 바엔 그 돈을 달라고 말할 정도였으니까.

"하지만 저는 다르게 생각하거든요."

"으음……."

그 말에 장혜린의 눈동자가 흔들렸다.

분명 투자해 준다는 것은 고맙지만 그렇다고 소송에 휩싸이고 싶지는 않았으니까.

"넣고 싶은 배우가 있으신 건가요?"

"네? 아닙니다. 말 그대로 약간의 도움이 필요할 뿐입니다."

"약간의 도움이라고 해도, 아까 말씀드렸다시피 저희는 드라마 제작사입니다. 법률적으로 도와드릴 게 없는데요."

"어려울 건 없습니다. 그냥 소송 한번 하시죠."

"그러니까 그쪽 소송에 저희가 도와드릴 게 없다고요. 증언 정도야 해 드릴 수 있습니다만."

노형진은 장혜린의 말에 고개를 흔들었다.

하긴, 소송을 같이하자고 말하면 그녀 입장에서는 같이 누군가와 싸워 달라는 식으로 받아들일 수밖에 없다.

"오해하셨네요. 저희와 소송해 달라는 말은 저희와 싸워 달라는 뜻입니다."

"네?"

그 말을 이해하지 못한 장혜린은 멍하니 노형진을 바라보았다. 저희와 싸워 달라는 말은 한편으로서 싸워 달라는 말도, 법정 공방을 벌이자는 말도 되니까.

노형진은 정확한 의사 전달을 위해 설명을 덧붙였다.

"그린미디어가 피고, 저희가 원고인 거죠."

"아니, 저기. 저희가 무슨…… 잘못이라도 했나요?"

그렇게 묻는 장혜린의 목소리는 떨리고 있었다.

아무리 그린미디어가 제작사치고는 작은 곳이 아니라지만 새론에 비교하면 이길 수가 없다. 그런데 소송을 걸겠다니.

"아뇨, 그건 아닙니다. 잘못하신 건 없죠. 그래서 소송을 부탁드리는 겁니다. 잘못하신 게 있다면 부탁이 아니라 바로 소송에 들어갔겠죠."

"그러면?"

"말 그대로 도움입니다."

그렇게 운을 뗀 노형진은 몇 가지를 설명했다.

그제야 장혜린은 노형진이 왜 그런 부탁을 했는지, 그리고 그러기 위해서는 어떤 과정이 필요한지도 충분히 이해했다.

"하지만 그러면 저희에게도 손실이 발생하는데요."

"그 전에 저희가 커트할 겁니다. 법적으로 문제없게 할 테니 걱정하지 마세요."

"그렇다면야……. 그런데 진짜로 〈고전 게임〉에 전액 투자하실 건가요?"

"네."

"그…… 사실, 돈이 더 들지도……."

"걱정하지 마세요. 돈은 많으니까요."

노형진은 전혀 걱정하지 않았다.

어차피 지금 투자금이 수천억으로 돌아올 텐데 무슨 걱정이 있겠는가?

"그럼 투자 계약서를 써 볼까요? 후후후."

⚖️

사람들은 한번 소장을 내면 소송이 일절 변화 없이 그대로 진행되는 거라고 생각한다.

하지만 실제로는 그렇지 않다.

소송이 진행되는 도중에도 무엇이든 바꿀 수 있다. 내용이나 당사자, 또는 금액까지도.

노형진은 저작권으로 인한 손해배상의 대상을 박도상으로 바꿨다. 그리고 다시 재판에 들어갔다.

재판이 시작되자 재판장은 의심의 눈초리로 노형진을 바라보았다.

"원고 측 변호인."

"네, 재판장님."

"우리 쪽에서 보정 명령을 내린 건 사실이지만, 아무리 주소를 못 구했다 해도 소송 대상을 참영 대표로 바꾸면 어쩌자는 겁니까? 그러면 소장의 내용도 바꾸든가요."

소장 내용은 그냥 두고 당사자만 바꿨으니 당연히 법적으로 논리가 맞지 않을 수밖에 없다.

"원고 측 변호인의 소장대로라면 참영과 박도상은 웹툰을 서비스하는 회사가 아니라 저작권자라 이겁니까?"

"맞습니다."

"뭔 말도 안 되는 소리예요? 이미 저작권자의 이름은 명시되어 있구만."

그 말대로다. 저작권자의 이름은 작품에 명시되어 있다.

"하지만 요즘 작가들은 가명을 많이 씁니다. 그게 불법인 것도 아니고요. 그리고 피고 측이 저작권을 빼앗았다는 걸 감출 목적으로 다른 이름을 썼다면, 이름만으로 다른 사람이라고 주장할 수는 없습니다."

"흠."

그 말에 판사도 어느 정도는 수긍한다는 듯 고개를 끄덕거렸다.

노형진의 말대로 가명을 쓰지 말라는 법도 없고, 인터넷에 고지된 이름이 진짜라는 증거 또한 없기 때문이다.

"인정합니다."

하지만 그렇다고 해서 원고 측에 증거가 있는 건 아니었다.

"재판장님, 원고 측은 법원의 보정 명령에 원작자가 아니라 이걸 서비스하는 서비스 회사와 그 대표인 박도상의 이름을 넣었습니다. 그리고 그에 따른 증거는 전혀 제출하지 아니 하고 있습니다. 재판장님, 주장하는 자가 증명한다, 그 규칙을 원고 측은 철저하게 무시하고 있습니다."

"그 부분도 인정합니다. 원고 측 변호인은 이런 보정을 하는 데 필요한 진짜 이름을 어떻게 해서든 제출하세요."

"하지만 피고 측이 관련 자료의 제출을 거부하고 있습니다."

"재판장님, 그건 불법이 아닙니다."

'뭐, 딱 예상대로네.'

예상대로 행동하는 피고 측 변호사를 보며 노형진은 속으로 피식 웃었다.

웃음이 나오지 않을 수가 없었다.

그들이 무슨 생각을 하는지 너무나 잘 알고 있었기 때문이다.

"재판장님, 다행히도 그 증거는 이른 시일 내에 제출할 수 있을 듯합니다."

"뭐요?"

그 말에 상대방 변호사는 뭔가 당혹스러운 듯 고개를 돌려서 박도상을 바라보았다.

박도상에게 뭔가 아는 게 있느냐고 묻는 것이었다.

당연히 박도상은 아는 바 없다면서 고개를 좌우로 흔들었다.

"재판장님, 원고 측은 말도 안 되는 주장으로 입증책임에서 벗어나려고 하고 있습니다."

당연히 그 말을 믿고 노형진을 공격하는 변호사.

하지만 그는 몰랐다. 노형진이 아무것도 없이 이런 말을 할 사람이 아니라는 걸.

"아닙니다, 재판장님. 명확한 증거가 저희 손에 있습니다. 다만 아직 제출되지 않았을 뿐입니다."

"거짓입니다. 이미 있는 증거라면 왜 제출하지 못한단 말입니까?"

"그건 오늘 아침에야 저희가 얻을 수 있었기 때문입니다."

재판할 때 긴급한 경우 외에는 증거를 미리 제출해야 한다.

즉, 당일 아침에 증거를 제출한다고 해도 소장 서류에 정식으로 들어가기 위해서는 시간이 좀 걸린다.

왜냐하면 증거의 경우는 기본적으로 소송 대상에게도 전달되어야 하기 때문이다.

그래야 그 증거에 대해 수긍을 하든 반박을 하든 할 수 있을 테니까.

특히 민사는 더더욱 그런 편이다.

그래서 노형진이 오늘 아침에 얻은 증거를 당장 재판에 제출해 봐야 증거능력을 인정받지 못한다.

"흠."

그 말에 판사는 고민했다. 그런 그의 얼굴에는 귀찮음이 번지고 있었다.

'그러겠지.'

이런 경우 재판부는 일단 판결을 중단하고 증거를 받아서 다음 재판 기일을 정한 다음 그 증거에 대한 반박 서류를 다시 받아야 하기 때문에 재판 기일이 차일피일 미뤄지기 마련이다.

"지금 가지고 있습니까?"

"그렇습니다, 재판장님."

"일단은 제공하세요. 참고 자료로 취급하겠습니다."

물론 따로 정식으로 제출은 해야 하지만 그래도 일단 참고 자료로 봐서 판단의 기준으로 삼겠다는 소리였다.

"피고 측, 괜찮습니까?"

재판장의 질문에 피고 측 변호사가 말했다.

"상관없지 않을까요? 어차피 오늘 증거가 전달된다고 해도 그걸 살펴보고 답변 준비를 해야 하니 결국 시간은 필요하니까요."

그러니 차라리 미리 보는 게 나을지도 모른다는 것.

박도상도 고개를 끄덕거렸다.

"알겠습니다, 재판장님."

그 모습을 본 노형진은 미리 준비한 서류를 건넸다.

사실 이렇게 될 걸 알고 미리 준비해 놔서 바로 제출할 수 있었다.

서류를 살펴본 박도상은 자신도 모르게 비명을 질렀다.

"어떻게 이걸! 이건 명백하게 대외비일 텐데!"

"이게 뭡니까?"

보자마자 놀라는 박도상과 달리 판사는 제출한 서류를 보고 고개를 갸웃했다.

"참영의 박도상과 그린미디어 사이에 체결된 2차 창작물 계약입니다."

"2차 창작물 계약?"

"그렇습니다. 원작자 박도상과 그 서비스 업체인 참영이 연재 중인 〈장미 시대〉의 드라마 제작에 동의한다는 내용입니다."

"이…… 이게……."

원작자 박도상이라는 말에 피고 측 변호사는 얼굴이 노래졌다.

판사는 서류를 살펴보며 고개를 끄덕거렸다.

"확실히 원작자 박도상으로 되어 있군요."

"맞습니다."

만일 이게 잘못된 계약이라면 여기에서 박도상이 언급되어선 안 된다.

하지만 박도상이라는 이름이 나왔으니 당연히 그 계약을 할 권리를 가진 사람은 단 한 명뿐이다.

바로 원저작권자.

'동명이인이라고 주장할 수도 없지.'

왜냐하면 이미 계약서에는 박도상의 주민등록번호가 들어가 있기 때문이다.

"이걸 어떻게……."

상대방 변호사는 당혹감을 감추지 못하고 있었다.

예상한 자료가 아니었기 때문이다.

이건 그냥 대놓고 저작권자는 박도상이라고 못 박은 꼴이 아닌가?

"이거 어떻게 해 봐!"

"아니, 이걸 어떻게 막으라고……."

박도상은 다급하게 변호사를 쥐고 흔들었다.

"불법적인 거라고! 대외비야, 이거!"

"대외비?"

그 말에 변호사가 다급하게 목소리를 높였다.

"재판장님, 해당 서류는 회사 내부에서도 대외비로 취급되는 기밀 사항입니다! 불법적으로 얻은 증거의 효력은 인정할 수 없습니다!"

당황한 기색이 역력한 채로 외친 말이었지만 틀린 말은 아니었다.

실제로 이런 소송에서 나오는 계약서들은 대외비 속성을 가지고 있기 때문이다.

이 계약서에도 분명 '제3자에게 자세한 계약 사항을 공개해서는 아니 된다.'라고 명시되어 있고, 심지어 그 부분이 강조되어 있었다.

그때 노형진이 나섰다.

"재판장님, 이건 절대로 불법적으로 얻은 증거가 아닙니다."

"불법적으로 얻은 증거가 아니라고요?"

만일 불법적으로 얻은 증거라면 상황에 따라서는 재판부도 이걸 인정할 수가 없기에 판사는 아까와 다르게 훨씬 무거운 목소리로 물었다.

"그렇습니다. 저희는 법과 원칙에 따라 열람 복사를 신청한 것뿐입니다."

"열람 복사?"

"그렇습니다."

노형진은 재판부에 이렇게 주장했다.

우연히 참영과 그린미디어의 해당 작품의 드라마 제작 계약이 이루어졌다는 소문을 들었다.

비밀 유지 계약은 자세한 내용을 밖으로 흘리지 말라는 거지, 아예 드라마 계약 자체에 대해 이야기하는 것까지 막는 것은 아니다.

왜냐하면, 그러면 작품 자체를 만들 수가 없기 때문이다.

"현재 저희는 그린미디어와 소송 중입니다."

"소송?"

"그렇습니다. 그린미디어는 저희 쪽 원작자의 작품인 〈장미의 제국〉의 권리를 침해했습니다."

"〈장미의 제국〉?"

"저희 원작자의 원래 작품 제목입니다."

정확하게는 〈장미의 제국〉으로 제출했지만 참영에서 〈장미 시대〉로 이름을 바꿔서 연재 중인 작품이다.

당연히 아이디어도 똑같고 8화에 이르는 연재 분량의 기본 콘티도 똑같다.

"그래서 저희는 드라마 제작 금지 가처분 신청을 냈습니다."

그 말에 박도상의 눈동자가 흔들리기 시작했다. 전혀 몰랐던 일이니까.

문제는 이게 불가능한 일이 아니라는 거다.

"재판장님! 이건 저희 작품입니다! 그걸 왜 원고 측이 막는단 말입니까!"

자신도 모르게 소리를 지르는 박도상.

판사는 그런 그의 목소리에서 느껴지는 분노에 살짝 눈을 찡그렸다.

하지만 일리 있는 말이었기에 말없이 노형진에게로 시선을 돌렸다.

"설명 부탁드립니다, 원고 측 변호인. 지금 상황이 생각보다 심각해 보입니다만?"

불법적으로 얻은 증거로 재판할 수는 없으니까.

"재판장님, 피고 측은 벌써 수십 차례 아이디어는 보호받지 못한다고 주장했습니다."

"그렇지요."

"그리고 그 아이디어를 처음 가지고 있었던 것은 저희 원고입니다."

"그건 인정합니다."

그건 부정할 수가 없다. 왜냐하면 이메일 발송 기록이 있으니까.

아무리 부정하고 싶다고 해도 그걸 부정하는 건 불가능하다.

그래서 참영에서는 어떻게 해서든 이기기 위해 아이디어는 보호받지 못한다는 이야기를 한 것이다.

"네, 그러면 그 아이디어에 대한 사용권은 어디에 있습니까?"

"뭐라고?"

박도상은 순간 이해가 되지 않아서 어리둥절한 얼굴이 되었지만 동시에 판사는 말이 된다는 듯 고개를 끄덕거렸고 피고 측의 변호사는 똥 씹은 얼굴이 되었다.

"아니, 씨팔. 뭔데!"

"피고, 여기는 신성한 법정입니다. 욕설하지 마세요. 경고 드립니다."

판사가 한 소리 하자 박도상은 화가 났지만 지금은 자신이 불리한 상황이라서 다급하게 변호사에게 물어볼 수밖에 없었다.

"도대체 뭔데?"

"아이디어에는 주인이 없으니까요."

"그래서 뭐?"

"우리가 주장하듯이 저쪽도 주장할 수 있다는 겁니다."

"뭔 개소리야, 그게?"

"그 아이디어의 주인은 우리가 아니니까 그들도 쓸 수 있다는 거죠."

정확하게 표현하자면, 그들의 주장대로 아이디어가 보호받지 못한다면 누가 써도 상관없다는 소리다.

그리고 애석하게도 박도상은 콘티에 대한 저작권 위반으로 지금 노형진과 소송 중이다.

"참영은 모르지만 박도상 씨가 저작권자인 이상 그린미디어와의 계약이 부정확해집니다."

"뭐? 왜? 이거 내 작품이라고!"

"작품이 중요한 게 아닙니다."

콘티에 대한 저작권은 아직 해결된 게 아니다. 실제로 그 재판 중이니까.

문제는 그걸 핑계 삼아 노형진이 그린미디어에 드라마 제작 금지 가처분 신청을 거는 건 전혀 불법이 아니라는 거다.

"이런 씨팔."

그리고 제작사 입장에서는 저작권 문제가 해결되지도 않은 작품을 드라마로 제작하는 게 쉽지 않다.

"하지만 그렇다고 소송을 포기할 수도 없습니다."

왜냐하면 이미 이쪽은 계약하고 계약금을 줬으니까.

"계약금 안 들어왔는데."

"네?"

"계약금 안 들어왔다고."

"그러면 소송을 이유로 지급을 정지한 모양이군요."

"아니, 씨팔. 그런 게 어디 있어?"

"가능합니다. 그게 법이니까요."

막말로 계약금을 줬는데 나중에 권리자가 다른 사람이라는 사실이 밝혀진다면?

당연히 회사 입장에서는 별도의 돈을 줘야 한다.

그리고 그 과정에서 돈을 돌려 달라고 이쪽과 소송도 해야 한다.

그럴 바에는 차라리 욕 좀 먹더라도 돈을 주는 걸 늦추는 편이 낫다.

'그래서 내가 손해가 없을 거라고 이야기한 거지.'

계약금은 바로 주는 게 아니니까.

그 전에 먼저 소송을 걸면 그린미디어에서는 당연히 그걸 주지 않을 핑계를 만들 수 있다.

그랬기에 결과적으로 그린미디어는 손해 볼 일이 없어진 거다.

"그리고 그린미디어는 소송 중이니까 자기 권리를 증명해야 합니다."

"증명?"

"네. 계약서를 법원에 제출해야 합니다."

"설마……."

"그리고 소송 당사자가 상대방이 제출한 서류를 받는 건 불법이 아니죠."

왜냐하면, 그래야 반박할 수 있으니까.

"이…… 이거 대외비인데?"

"그건 외부에 유출하지 말라는 거지 법정소송에서 쓰지 말라는 말이 아닙니다."

법정소송에서도 쓰지 못한다는 건 법적으로 효력을 가지지 못한다는 소리나 마찬가지인데, 애초에 그런 계약이라는 건 존재할 수가 없다.

"재판장님, 이 서류는 명백하게 합법적으로 저희가 얻은 서류입니다."

불법도 아니고 누구를 협박한 것도 아니다. 그저 노형진이 그린미디어와 소송 중인 것뿐.

"미친."

함정에 빠졌다는 사실을 알아차린 박도상은 자신도 모르게 소리를 고래고래 지르기 시작했다.

"재판장님, 이거 함정입니다! 저 새끼가 함정을 판 거라고요! 애초에 드라마 제작 계획도 없었던 겁니다!"

노형진은 박도상에게 시큰둥한 얼굴로 말했다.

"그걸 왜 여기서 떠들어요?"

"뭐라고?"

"그건 우리 문제가 아니라 당신과 그린미디어 사이의 문제 아닙니까? 드라마를 만들지 말지는 그쪽이랑 이야기해야지, 우리랑은 상관없는 일입니다만? 억울하면 그쪽에 소송을 걸어요."

확실히 노형진이 한 행동에 불법적인 요소는 전혀 없었고, 그린미디어에서도 자신들의 권리를 위해서는 어쩔 수 없이 노형진과 소송해야만 했다.

"이 개 같은 새끼가!"

"피고! 욕하지 말라고 했지요!"

또다시 욱해서 튀어 나가려고 하는 박도상에게 주의를 주는 판사.

"죄…… 죄송합니다, 재판장님."

피고 측 변호사는 다급하게 그런 박도상을 말렸다.

판사는 그 모습을 보며 입을 열었다.

"원고 측 변호인 말이 맞습니다. 이건 법적으로 문제없으니까 서류가 정식으로 접수되는 대로 증거로 삼겠습니다."

그건 박도상이 저작권자가 된다는 소리다.

저작권자로서 모든 책임을 진다는 소리이고 말이다.

그 말에 박도상도, 그의 변호사도 얼굴이 노래졌다.

"다음 기일까지 답변서 제출 바랍니다."

서슬 퍼런 판사의 말은 그들의 미래에 암운을 드리우고 있었다.

사기도 참 재능이다, 진짜

다음 기일까지 박도상은 답변서를 제출하지 못했다.

변호사가 사임서를 제출하고 빤스런 쳐 버렸기 때문이다.

"이런 씨팔."

박도상은 법원 명령에 손이 바들바들 떨렸다.

표현은 복잡했지만 내용은 단순하기 그지없었다.

최소한 초반에 연재된 8화는 트레이싱으로 저작권을 위반한 것이 확실하기 때문에 작품을 전부 내리라는 것이었다.

사실 그 정도만 해도 어떻게 무시할 수도 있었다.

민사소송은 강제력을 가지기 위해서는 별도의 소송을 다시 해야 하기 때문에 그렇게 시간을 끌면서 서비스할 수도 있었다.

하지만 상대는 노형진이었다.

박도상의 선택을 예상하고 있었던 노형진은 법원을 통해 별도의 조건을 붙였는데, 법원도 박도상과 참영의 행동이 악질적이라고 판단했는지 그걸 승인해 버렸다.

"사장님, 초반 8화는 전부 내렸습니다만……."

"씨팔!"

작품을 내리지 않을 경우 매일 300만 원의 이행 강제금을 부과한 것이다.

그런데 작품 수가 무려 쉰다섯 개.

그러니까 내리지 않고 버틸 경우 하루에 이행 강제금으로 1억 6,500만 원이 나간다는 뜻이다.

하지만 불행히도 초반 8화는 게시해 둬도 1억 6,500만 원은커녕 땡전 한 푼 나오지 않는다.

웹 연재는 초반 분량을 무료로 게시하고 그 이후 분량을 판매해 수익을 내는 구조이기 때문이다.

"사장님, 이거 어쩌죠?"

"입 좀 닥치고 있어!"

문제는 그거다. 초반부가 없는 작품을 누가 보겠는가?

9화부터 바로 유료로 전환한다? 맛보기 분량도 없는데 누가 작품을 결제해서 볼까?

그럼 9화부터 무료로 돌린다? 애초에 앞 내용이 뭔지도 모르는 상황에서 누가 작품을 보려고 하겠는가?

결과적으로 그들이 연재하던 작품들은 누구도 보지 않는 것이 되어 버리는 것이다.

"미치겠네, 씨팔."

그리고 가장 큰 문제는 이 소식을 들은, 그간 포기하고 있던 다른 작가 새끼들이 슬금슬금 움직이기 시작했다는 것이다.

최초로 소송한, 반골 기질이 강한 쉰다섯 명의 작가들을 제외한 나머지는 이런 더러운 행위가 이 바닥에서 워낙 횡행한다는 걸 알기에 포기하고 방관만 하고 있었다.

그런데 노형진이 소송에서 이겨서 초반 8화 분량의 게시가 중단되자 하나둘 서둘러 새론으로 찾아갔다.

"그림쟁이 새끼들은 뭐래?"

"시간이 걸릴 거랍니다. 못해도 세 달은 줘야 한다고."

"세 달? 세 달? 이 미친 새끼들이 돈 받기 싫대?"

"하지만 사장님, 기존 작품을 만들면서 같이 작업하는 게 쉬운 일이 아닙니다."

곽무안은 다급하게 말했다.

기존에 하던 작업, 그러니까 후반부 작업을 멈추고 초반부를 다시 그리라는 것도 아니고, 날아간 초반부를 완벽하게 새롭게 그리라는 건 절대로 쉬운 일이 아니었다.

사람들이 웹툰 하나 보는 데 걸리는 시간은 길어 봐야 5분 내외지만 그 5분 내외를 위해 작가는 못해도 5일을 갈아 넣어야 한다.

그런데 지금 박도상은 후반부를 연재하면서 동시에 초반부를 추가로 그려서 막으라고 하는 거다. 상식적으로 가능할 리가 없다.

당연히 시간이 걸릴 수밖에 없는 것이다.

"그리고 중국 애들이 좀 게으르지 않습니까?"

"씨팔."

그랬다.

한국에서는 이런 걸 해 줄 수 있는 작가를 구할 수가 없다. 애초에 몰라서 시작했다고 해도, 이 정도로 소문난 상황에서는 다 그만뒀을 거다.

그리고 한국에서 실력이 되는 만화가의 몸값은 비싸다.

사실 한국에서 작가를 구하면 초창기에 수익을 내는 건 불가능하다.

이와 달리 중국은 작가 비용이 싸지만 그들의 작품에는 중화사상이 아주 듬뿍 녹아 있기에 중국 작품들을 서비스하면 한국 사람들은 보지 않을 것이다.

그래서 박도상이 만든 계획이, 아이디어를 빼앗아서 중국에 돈 주고 만들게 하고 그걸 서비스하자는 것.

"씨팔."

하지만 그 모든 게 틀어진 상황에서 더 이상 서비스도, 그렇다고 계속 뭔가를 하는 것도 불가능한 상황.

돈은 돈대로 까먹는데 보충할 길이 보이지가 않았다.

"그러면 어디서 대충 신작이라도 가져와. 퀄리티는 상관 없으니까. 스토리만 재미있으면 돼."

"하지만 그럴 만한 게……."

"어디든 상관없잖아. 그 뭐냐, 만화공작소같이 무료로 연재하는 곳 있잖아!"

만화공작소는 데뷔를 원하는 웹툰 작가들이 작품을 무료로 연재하는 곳이다.

대부분 퀄리티도 떨어지고 스토리도 부실하지만, 그 숫자는 적지 않다.

"그런 곳에서 가지고 오라고!"

"하지만 그럴 만한 돈이……."

문제는 그곳에서 연재하는 사람들도 결국은 프로를 꿈꾸는 이들이라는 거다.

돈을 줘야 작품을 가져올 수 있는데, 지금은 그들에게 줄 돈이 없다.

"니미 씨팔."

박도상의 입에서는 끊임없이 욕이 나왔다.

하지만 최악의 상황은 아직 끝나지 않았다.

"그, 대표님……."

창백한 얼굴로 들어오는 사인범. 그리고 그런 사인범에게 곽무안은 소리를 버럭 질렀다.

"사 팀장! 우리가 대화 중일 때는 들어오지 말라고 하지 않았나!"

"그게 저기, 경찰에서 제게 소환장이 날아왔는데…… 어떻게 해야 하나요?"

"소환장?"

"네."

"도대체 뭔 짓거리를 하고 다닌 거야?"

그렇잖아도 힘들어 죽겠는데 팀장이라는 작자가 헛짓거리까지 한 모양이니 박도상은 화가 머리끝까지 나서 소리를 버럭 질렀다.

하지만 곧 들려오는 말에 그는 할 말을 잃어버렸다.

"제 잘못이 아닙니다. 남의 저작물을 자기 거라고 주장해서 돈을 받았으니 사기라고……."

"사기?"

"네."

"아니, 무슨 돈을 받았다……."

공식적으로 사인범은 공모전의 우승자다. 그리고 외부에 그에 대한 보상으로 1억을 받은 것으로 고지되었다.

돈을 주지 않기 위한 얄팍한 꼼수였는데, 실제로 사인범이 고소당하자 박도상은 변호사를 보내서 그를 보호해 줬다.

그런데 이번 계약으로 인해 실질 저작권자가 박도상이라는 게 드러났다. 그리고 사인범은 박도상이 아니다.

그러면 둘 중 하나를 선택해야 한다.

사인범이 명의를 속인 걸 인정하고 사기 처벌을 받든가, 아니면 박도상이 대중을 속인 걸 인정하고 사기 처벌을 받든가.

"이런 씨팔."

전혀 예상하지 못한 방식으로 들어온 공격에 박도상은 손발이 부들부들 떨렸다.

⚖

"아마 어쩔 줄 모르고 있겠지. 그리고 알 거야, 사인범이 사기로 처벌받는 걸 거부할 거라는 걸."

"하긴, 벌금 조금 내는 거랑은 전혀 다른 문제이기는 하네."

기존에는 벌금을 내고 회사에 붙어 있는 게 이득이었을 거다.

하지만 사기로 실형을 받을 가능성이 높아진 지금 상황에서는 전혀 다른 문제가 되었다.

"더군다나 사인범은 팀장급이잖아. 당연히 회사 꼴이 어떤 상황인지 누구보다 잘 알겠지."

버티고 있어 봤자 회사가 무너질 게 불 보듯 뻔한 상황.

그런 상황에서 그는 이직을 생각할 수밖에 없다.

"하지만 사기라는 죄목이 붙어 있는 이상 이직도 쉽지는 않지."

기업들이 사람을 구할 때 '해외여행에 결격사유가 없는 자'라는 조건을 괜히 붙이는 게 아니다.

"뭐, 당분간은 당장 우리한테 와서 꼰지르지는 않게 해 줄
수 있겠지만……."

하지만 오래 버틸 수는 없을 거다.

애초에 이런 상황에서 참영이라는 회사에서 해 줄 수 있는
건 두 가지뿐이다.

협박 아니면 회유.

하지만 회유하자니 돈이 들고, 협박은 상황을 악화시킬 뿐
이다.

"그런데 변호사님, 진짜입니까? 저희가 이 아이디어를 써
도 된다고요?"

안중창은 잔뜩 기대하는 눈빛으로 물었다.

그도 그럴 게, 권리를 찾아오지 못한다고 하지 않았던가?

그런데 노형진이 자신들을 불러서 하는 말이, 자신들이 제
출한 아이디어에 따라 작품을 만들어도 된단다.

"네, 이제는 가능합니다."

"하지만 노 변호사님이 아이디어는 보호받지 못한다고……."

"음…… 그에 대해 오해가 있는 모양인데요."

분명 아이디어의 저작권은 보호받지 못한다.

"하지만 그건 양쪽 다 해당됩니다."

"네?"

"이번 재판에서도 쟁점이 된 거지만요."

아이디어의 저작권은 보호받지 못한다.

이는 즉, 아이디어는 누가 써도 상관없다는 뜻.

그러니 그 서류를 제출한 당사자들에게도 해당되는 것이다.

"권리를 찾아오지 못한다고 하지 않았습니까?"

"제가 말한 권리는 저작권상의 독점권입니다."

이제 그걸 찾을 방법은 없다.

그러나 그걸 이용한 권리는 전혀 아니다.

저쪽에서도 아이디어는 저작권 보호 대상이 아니라고 주장했으니까.

"오빠, 나 진짜 이해가 안 돼서 그러는데 그러면 소송, 뻘짓 한 거 아냐?"

확실히 그렇다. 독점권이 없다고 해서 그 아이디어를 쓰지 말라는 법은 없으니까.

노형진이 처음부터 그 사실을 알려 주고 소송 없이 그 아이디어를 기반으로 작품을 만들어도 되는 문제였다.

"뭐, 쉽게 가고자 한다면 그렇게 해도 되겠지. 하지만 그건 장기적으로는 마이너스거든."

"마이너스?"

"그래. 만일 저쪽에서 자기 아이디어를 차용해서 만들었다고 사용금지 가처분 신청을 하면 어떡할래?"

"하지만 아이디어는 보호받지 못한다면서?"

"그렇지. 하지만 최소한 일정 기간 이상 문제 삼아서 작품 활동을 하지 못하게 할 수는 있지. 아닙니까?"

그 말에 안중창은 떨떠름한 얼굴이 되었다.

"맞습니다."

"그리고 그런 상황에서 불리한 건 작가죠. 안 그런가요?"

"맞습니다. 작가가 엄청 불리하죠. 사실 신인 작가라면……
그…… 인생 조질 정도로요."

저작권 문제로 구설수에 오른 신인 작가와 재계약하고 싶
어 하는 회사는 없으니까.

"참영이야 어차피 서비스 업체니까 불리할 것도 없었겠지만."

"무슨 소리인지 알겠네."

이쪽에서 작품을 만들 수는 있지만 저들이 그걸 문제 삼을
수 있는 권리도 없는 건 아니라는 소리다.

"더군다나 요즘 사람들은 바보가 아니야. 아무리 같은 아
이디어에서 시작했다고 해도, 결국 비슷한 작품 아니냐는 소
리를 할 거라고."

물론 그렇게 되면 작가에게 안 좋은 시선이 쏠릴 수밖에
없다.

특히 나중에 시작한 작가는 훨씬 불리하다.

"작가가 먼저 아이디어를 내서 공모전에 낸 거라고 주장한
들 그게 사람들에게 얼마나 먹히겠어? 너도 알지, 언론이 어
떤 식으로 움직이는지?"

"그건 그렇겠네."

돈 주고 기사 좀 잘 써 달라고 하는 참영에 유리한 기사를

써 줄지언정 정말로 가난한 작가들을 위한 기사는 써 주지 않을 거다.

"작가들이 아무리 원래 자기 아이디어라고 주장해도 사회적인 매장은 피할 수가 없어."

그랬기에 노형진은 쉬운 길로 가지 않은 것이다.

자신은 의뢰를 처리하기가 쉽겠지만 의뢰인인 작가들의 미래는 박살 날 테니까.

"하지만 이제는 상황이 달라졌지."

재판에서 저들이 사기라는 죄명으로 처벌받았다.

나중에 저들이 아이디어에 대한 사용금지 가처분 신청을 낸다 한들 저들에게 사기 전과가 있는 이상 법원에서 그걸 받아들여 줄 리가 없다.

"대중도 마찬가지야."

누가 '전에 서비스한 걸 따라 한 것 같은데?'라고 해도, 이쪽에서 '해당 업체는 저작권 위반으로 사기죄로 처벌받았습니다.'라고 공지하는 선에서 끝낼 수 있는 거다.

"뭐, 살짝 다르지만 말이야."

엄밀하게 말하면 아이디어 도둑질과 콘티의 도둑질이 다르기는 하지만 중요한 건 대중에게 말할 수 있는 핑계가 생겼다는 거다.

"그러니까 권리를 되찾아 온 건 아니지만 권리는 행사할 수 있다는 거네."

"정답."

"너무 복잡하다."

서세영은 눈을 찡그렸다.

전체적으로는 동일하지만 부분적으로는 미묘하게 다른 상황이니까.

"감사합니다. 진짜로 감사합니다."

"뭐, 감사는 나중에 하시죠. 아직 복수는 끝나지 않았으니까요."

"아직 안 끝났다니요?"

"물론 저들에게 심대한 타격을 입히기는 했습니다만, 저들에게는 아직 다수의 작품이 남아 있습니다."

소송에서 이긴 작품만 해도 쉰다섯 개이고 추가적으로 작가들이 계속 연락을 주고 있기는 하지만 그럼에도 불구하고 저들은 여전히 백 개가 훨씬 넘는 작품을 서비스하고 있으며 또다시 세상 물정 모르는 철모르는 작가들을 속여서 아이디어와 작품을 강탈하려 하고 있다.

"그러니까 그걸 막기 위해서라도 저놈들을 망하게 해야지요."

"하지만 단시간 내에 그게 가능해?"

물론 불법적인 방법을 쓰면 망하게 하는 건 쉽다.

어차피 인터넷 기반이니 해커를 통해 공격하게 하면 쉽게 무너질 거다.

하지만 그건 노형진이 선호하는 방식이 아니었다.

필요하다면 노형진도 쓰기는 하지만 그건 다른 변호사들에게는 어려운 방식이기에, 노형진은 가능하면 미래에 대비해서 다른 변호사들도 쓸 수 있는 방법을 선호한다.

"참그림이라는 이름 말이야. 어때?"

"응?"

"네?"

"그 그림 사이트로써 말입니다. 참그림이라는 이름은 멋지지 않습니까?"

"뭐, 그렇기는 하지요."

직관적이고 빠르게 대상을 알아볼 수 있으면서 동시에 목적성도 명확하다.

"보통 이런 이름은 주인이 있기 마련이거든."

"주인?"

"그래. 재미있는 게 뭔지 알아? 참그림이라는 회사가 이미 있어."

"참그림이라는 회사가 있다고?"

"그래. 아주 오래된 회사지."

심지어 무려 20년 넘게 운영된 회사로, 상당한 규모를 자랑하는 미술품 중개 업체다.

"다만 온라인 중개는 하지 않아."

"어째서?"

"거기서 취급하는 건 어설픈 모작이나 수십만 원짜리 작품들이 아니거든.”

그곳은 검증된 진짜 화가의 작품만을 판다.

그래서 대부분의 작품이 억 단위를 가뿐하게 넘기고, 제일 싼 그림도 3천만 원이 넘는다.

“말 그대로 아는 사람만 알고 찾아가는 곳이지. 도메인도 있기는 한데…….”

“그래? 잘 아는 걸 보니 오빠도 미술품 같은 걸 사나 보네?”

“응? 아니, 난 뭐.”

노형진은 사실 미술품에 대해서는 잘 모른다.

사건 해결에 필요한 미술계에 대한 정보는 충분히 접하고 있지만 예술품을 보면서 감동의 눈물을 흘리는 타입은 아니다.

“난 스탕달신드롬 같은 건 없는 것 같더라고.”

“그게 뭔데?”

“뭐, 뛰어난 예술 작품을 보면 심장이 뛰고 호흡이 가빠오고…….. 쉽게 말해서 감동에 취해서 이상 증세가 발생하는 거.”

실제로 그런 사람들이 종종 있는데, 그들은 뛰어난 예술 작품 앞에서 주저앉거나 실신하거나 울기도 한다.

일부 신경학자들은 그걸 고개를 지나치게 젖힌 채로 오래 봐서 발생하는 단순 병리학적인 현상이라고 주장하기도 하지만 높이가 그다지 높지 않은 작품들 앞에서도 그런 증후군은 일어난다.

“변호사라는 직업이 감성보다는 이성을 기반으로 움직여

서 그러나."

실제로 회귀 전 노형진은 미국에서 수많은 거장의 합법적인 복제 작품을 걸어 두기도 했다. 심지어 잘 벌 때는 진품도 하나 집에 걸어 두었다.

하지만 딱히 감동을 느끼질 못해서 금방 팔아 버렸고, 이번 생에서는 딱히 그런 걸 사고 싶다는 생각이 들지 않았다.

'아, 그러고 보니까 그걸 슬슬 처분해야 하는데.'

노형진은 예술 작품에 대해 생각하다가 떠오른 생각에 아차 싶었다.

과거에 성화의 빼돌린 재산을 추적하는 과정에서 상당수의 예술 작품을 찾았던 게 기억난 것이다.

그건 여전히 모처에 잠들어 있고, 이제 슬슬 정리해도 될 시점이었다.

'그건 또 어디다 파나?'

"오빠? 뭘 그렇게 생각해?"

"응? 아니야, 그냥……. 하여간 중요한 건 이거지. 이미 도메인을 쓰고 있는 곳이 있다는 것."

물론 완전히 같을 수는 없다.

애초에 완전히 같은 도메인 주소는 나올 수가 없다. 허가가 되지 않으니까.

"그런데 그게 왜?"

"간단해. 혼동할 수 있는 도메인을 쓰는데 특히나 그 목적성이 부정할 경우 사용금지 가처분 신청이 가능하거든."

예를 들어 한국의 정부 정책 홍보 홈페이지 주소는 korea.
kr이다. 그런데 누군가 korea.co.kr로 주소를 등록하고 포르
노 사이트로 연결하면 어떻게 될까?

당연히 착각할 수도 있고, 그 때문에 문제가 생길 수도 있다.

실제로 비슷한 경우가 있었다.

한국 정부에서는 정책 관련 홈페이지를 만들고 신나게 홍
보하고는 방치했다.

그런데 도메인 주소는 영원한 게 아니다. 일정 기간 동안
사용 요금을 내지 않으면 소유권이 박탈되고 다른 곳에서 이
용할 수 있게 된다.

그리고 그 정책 사이트는 정부에서 잠깐 쓰다가 완전히 방
치하면서 돈을 내지 않아 그 권한이 다른 곳으로 넘어갔는
데, 하필이면 그게 포르노 사이트였다.

그래서 한국 정부의 정책 사이트에 들어가려고 그 주소로
접속한 사람들이 엉뚱하게 포르노 사이트에 들어가 당황한
사례가 있었다.

"그게 불법은 아니잖아."

"그렇지."

불법은 아니다.

사실 해당 포르노 사이트가 계획적으로 노린 거다.

이슈가 되면 정부에서 비싼 돈을 주고 되사는 방법밖에 없

기 때문이다.

그래서 당시 정부도 어쩔 수 없이 해당 포르노 업체에 막대한 돈을 주고 해당 도메인을 다시 구입해야 했다.

전 세계에서 접속하는 대한민국 정부의 정책 사이트 주소가 포르노 사이트로 연결되게 둘 수는 없으니까.

"그리고 말이지, 범죄를 목적으로 고의적으로 도메인을 구입한 경우 해당 허가를 취소할 수도 있어."

"고의?"

"참그림의 웹툰은 대부분 사기잖아."

실제로는 모든 작품이 100% 사기일 가능성이 높다. 하지만 아직 접촉하지 않은 작가들이 많기 때문에 100%라고 할 수는 없었다.

"어쨌든 명백하게 사기를 목적으로 만들어진 사이트라고 볼 수 있지."

"설마……."

"맞아. 취소가 불가능한 건 아니야."

더군다나 참그림이라는 미술품 중개 사이트는 수억 단위의 자금이 흐르는 업체다. 그런 곳에서 가장 중요한 것은 공신력이다.

아무리 뒤의 연결 코드가 다르다지만 똑같은 참그림이라는 이름을 쓰는 이상 공신력에 문제가 생길 수도 있는 일.

"거기다 피해자까지 있지. 그러면 어떻게 되겠어?"

도메인의 사용금지가 불가능한 건 아니다. 더군다나 사기로 무려 55건이 엮여 있다면 말이다.

"이제 문 닫을 시간이야."

참그림은 한국에서 25년째 미술 작품을 중개해 온 기업이다.

특히 한국 작가들 위주로 거래하는, 공신력이 필수적인 기업이었다.

"사기라……."

그런 참그림 내부에서 진행되는 회의는 진중하기 그지없었다.

"어떻게 생각하나, 다들?"

"무시할 수는 없을 듯합니다."

"하지만 주소의 뒷부분이 좀 다른데?"

"설사 그렇다고 해도 참그림이라는 도메인은 우리를 대표합니다. 그리고 우리는 25년간 단 한 건의 문제도 일으키지 않았을 만큼 철저하게 관리해 왔습니다."

참그림의 명성을 지키기 위해 그들은 오랜 시간 노력해 왔다.

작품을 거래할 때는 작가가 살아 있다면 본인이 그린 작품이 맞는지 직접 찾아가거나 모셔 와서 검증했고, 작가가 사망한 상황이라면 유가족에게라도 협조를 요청했다.

그런데 어느 날 참그림이라는 웹툰 사이트가 나타났다.

"하지만 이건 웹툰 사이트가 아닌가?"

참그림의 대표는 약간 묘한 표정이 되었다.

자신들은 예술품인 그림을 취급하는 데 반해 이들은 상업적인 그림을 취급한다.

"그래도 무시할 수 없습니다. 노형진이라는 변호사가 말한 것처럼 둘 다 그림이라는 공통점이 있습니다. 잘 모르는 사람은 우리가 웹툰 시장에 진출했다고 오해할지도 모릅니다."

전문가들이 보기에는 전혀 다르지만, 모르는 사람은 '그림'이라는 공통점 때문에 그런 오해를 할 가능성이 충분하다는 노형진이라는 변호사의 말을 이사진은 무시할 수가 없었다.

"거기다 규모가 큰 것도 문제입니다."

"규모가 왜?"

"사실 규모가 아예 극단적으로 차이가 나면 사람들도 오해를 하지 않겠지만 이 참영이라는 회사에서 운영하는 참그림은 규모만 보면 절대 작지 않습니다."

예를 들어 누군가가 동네의 한 10평짜리 상점에 대룡디자인이라는 가게를 오픈했다고 해도, 사람들은 그 가게가 대룡계열사라고 생각하지 않는다. 왜냐하면 규모의 차이가 있으니까.

하지만 누군가 한 200평쯤 되는 5층 건물을 모조리 대룡디자인이라는 이름으로 써 버린다면?

사람들이 그곳을 대룡건설과 손잡은 대룡의 디자인 계열 사라고 오해할 여지는 충분하다.

"하긴……."

참그림은 미술 중개업을 통해 막대한 공신력을 가지고 있다. 그런데 그걸 경쟁사에서 이용하려 한다면?

그것도 사기라는 목적으로 이용하려고 한다면?

"선을 긋기 위해서라도 미리 소송을 해 봐야 한다고 생각합니다."

나중에 경쟁사가 '참그림은 사기꾼 새끼더라.'라고 언플했을 때 이쪽에서 '사실 사기꾼은 웹툰 참그림이고 저희는 미술품 중개업입니다.'라고 말해 봐야 무슨 의미가 있단 말인가?

사람들이 봤을 때 참그림은 그냥 사기꾼의 대명사가 될 뿐, 이쪽에서 아무리 아니라고 해 봐야 거래하는 사람 입장에서는 꺼림칙할 수밖에 없다.

"아시겠지만 예술품 업계에서 믿음은 절대적입니다."

가짜 하나 팔면 수십억씩 돈이 떨어지기에 예술품 중개 업체는 무척이나 예민하다. 그만큼 가짜가 많기 때문이다.

그게 진실과 상관없는 단순 소문이라고 해도 무시 못 할 정도로 말이다.

"알겠네. 그럼 일단 사용금지시키기 위해 소송을 걸도록 하지."

몰랐다면 모를까, 미래의 가능성에 대해 안 이상 그들의 선택은 결국 하나뿐이었다.

⚖

사실 도메인에 대한 사용금지 가처분 신청이 나오는 경우는 흔하지 않다. 왜냐하면 대부분의 도메인은 그걸 예상하고 만들기 때문이다.

특히 기업들이 뭔가를 할 때 가장 먼저 하는 일이 관련된 도메인을 선점하는 것이다.

예를 들어 신제품이 나올 경우 전 세계의 도메인 중에 관련된 도메인, 가령 신제품 이름이 자연 속 주스라면 그와 비슷한 도메인을 무조건 선점한다.

하지만 그럼에도 불구하고 생각보다 많은 도둑놈들이 도메인을 선점한다.

그런데 그런 도메인에 대해 사용금지 가처분 신청을, 한 곳도 아닌 두 곳에서 거는 초유의 사태가 벌어졌다.

"참그림에서…… 사용금지 가처분 신청을 냈다고?"

"참그림뿐만 아니라 새론에서도 냈습니다."

참그림은 자신들의 공신력 유지를 위해서, 새론에서는 범죄를 목적으로 사이트를 개설했다는 이유로 사용금지 가처분 신청을 냈다.

"미치겠네."

박도상은 떨떠름해졌다.

사실 미술품 중개 업체인 참그림의 말이 아예 거짓말은 아니었기 때문이다.

중개 업체와 자사의 도메인은 TLD(최상위 도메인), 즉 com과 co.kr 부분만 다르다.

그렇게 한 이유는 실제로 참그림이라는 기업의 공신력을 이용하려는 얄팍한 속셈이 있었기 때문이다.

사실 정말로 문제가 없다면 미술품 중개 업체인 참그림 입장에서도 주소가 다른 만큼 문제 삼지 못한다.

하지만 자신들은 범죄를 저질렀고, 그래서 실제로 참그림이라는 이름에 똥칠을 하고 있다.

더군다나 둘 다 그림이라는 공통점까지 있는 상황.

"일단 이의신청을 하기는 했지만……."

"새로운 변호사는 뭐래?"

"지지 않을 자신이 있답니다."

비슷한 도메인을 쓰는 건 불법이 아니기 때문이다.

"확실해?"

"네. 도메인을 취소하기 위해서는 그걸 처음부터 범죄를 목적으로 구입했다는 걸 증명해야 하는데, 아무리 새론이나 노형진이라고 해도 그건 불가능할 거라고 하더군요."

"그러면 다행인데."

이긴다는 말에 박도상은 안도의 한숨을 쉬었다. 그 덕분에 평소와 다르게 욕이 튀어나오지는 않았다.

"절대로, 무슨 일이 있어도 도메인만은 지켜야 해."

그렇잖아도 투자자들의 불만이 하늘을 찌르고 있다.

어떻게 해서든 서비스를 계속하겠다면서 설득하고 있지만 도메인을 빼앗기면 그마저도 불가능해진다.

'빌어먹을. 이게 아니었는데.'

원래는 자신이 저작권을 다 먹고 투자자들을 속인 후에 작가에게 주는 돈이라고 둘러대고 전부 다 빼돌릴 계획이었다.

그런데 그게 틀어져서 이제는 망하기 직전인 상황.

"도메인을 지켜야 해, 무슨 일이 있어도."

박도상의 중얼거림은 남에게 하는 건지, 아니면 자신에게 하는 건지 참으로 애매했다.

⚖

비슷한 시각, 이미 그런 박도상의 선택을 예상하고 있었던 노형진은 그걸 깨트릴 사람을 만나고 있었다.

"그러니까 사인범 씨는 전혀 모르고 있었다?"

"네."

사인범은 떨떠름한 얼굴이 되었다.

사실 사인범은 고소장을 받고 벌벌 떨었다. 그리고 어떻게 해서든 해결책을 만들어 내려고 했다.

하지만 회사에서는 '조금만 참아라. 인내해라.'라는 소리만 늘어놓았다.

'그리고 월급을 못 받았고 말이지.'

벌금 낼 돈도 안 주면서 참으라고만 하는 상황에서 사인범은 결국 이번 달 월급도 받지 못했다.

그리고 직감적으로 알 수 있었다. 이 회사는 끝났다는 걸.

그랬기에 그는 어떻게 해서든 사건을 해결하기 위해 노형진을 찾아온 거다.

"저는 진짜 땡전 한 푼 못 받았습니다. 그냥 명의만 빌려, 아니, 내놓으라고 해서 어쩔 수 없이 내놓은 거예요."

"명의만 빌려주는 것도 불법입니다만."

"어쩔 수 없었다니까요. 잘리게 생겼는데 어떻게 합니까?"

"그래도 불법은 불법입니다."

"아니, 진짜로 미치겠네. 제가 원해서 그런 게 아니라고요."

변명 아닌 변명을 하는 사인범이었다.

물론 그런다고 해서 노형진이 봐줄 리는 없지만, 그와 거래할 생각은 있었다.

"현실적으로 그런 말을 저한테 하신다고 해도 소 취하는 못 해 드립니다."

"진짜라니까요!"

"저희를 속이는 게 아니라는 걸 어떻게 압니까?"

그러니까 자신을 속이는 게 아니라면 그 증거를 내놓으라는 압박.

결국 사인범은 아는 바를 모조리 토해 낼 수밖에 없었다.

"애초에 저작권자는 한 명뿐이라고요. 박도상 그 새끼요."

"증거 있습니까?"

"그건……. 제가 증거에 접근할 수가 없어서……."

"그러면 주장일 뿐이죠."

노형진의 말에 사인범은 미칠 것 같았다.

'미치겠네. 이러다 인생 조지게 생겼는데.'

물론 실형이 나오지 않을 수도 있다.

하지만 실형이 나오지 않는다 해서 다 잘되는 게 아니다.

결국 이 망할 놈의 회사는 결국 진짜 망한 회사가 될 가능성이 크고.

'돈에 혹해서 오는 게 아니었는데. 그놈의 돈이 뭔지……. 돈?'

그 순간 사인범의 머릿속에 좋은 생각이 떠올랐다.

"어, 저기 말입니다, 그 증거라고 해야 하나? 그건 있거든요?"

"무슨 증거 말입니까?"

"그림 그리는 거, 중국인입니다."

"네?"

그 말에 노형진은 고개를 갸웃했다.

지금까지 자신이 알아내지 못한 사실이 드러났으니까.

실제로 법적으로 여러 가지 함정을 파서 권리 문제는 해

결해 왔지만 그림을 실제로 누가 그리는 건지는 알아내지
못했다.

그런데 중국인이라고?

"그게 무슨 말입니까?"

"말 그대로예요. 중국인이 그려 온다고요."

중국인에게 아이디어와 스토리를 주고 웹툰을 그려 오게
한다.

그들에게는 한 40만 원만 줘도 그만이니 그 그림에 한글만
채워서 자신들이 서비스를 한다는 것.

"당신은 그걸 어떻게 안 거죠? 저작권 관리는 당신이 안
한다면서요?"

"저는 재무 담당이니까요."

당연히 그들에게 돈을 주는 것도 자신의 업무다.

저작권 업무와 관련된 증거는 대표인 박도상이 관리하기
에 자신이 접근할 수가 없다. 하지만 매달 중국에 있는 만화
가들에게 돈을 주는 것은 자신의 책임이라는 소리다.

"그러니까 그걸 알죠."

"호오? 그러면 그걸 가지고 올 수 있습니까?"

"네!"

노형진의 질문에 사인범의 눈에 생기가 돌았다.

일단 자기가 살아야 하는데 그게 대순가?

"그래서, 몇 명이나 됩니까?"

"네?"

"그림을 그리는 중국 작가가 몇 명이냐고요."

"전부 다요."

"전부 다?"

"네. 우리가 서비스하는 작품들은 전부 다 중국에서 그려와요."

그리고 그 상황을 봤을 때 그 저작권을 쥐고 있는 건 단 한 사람, 박도상일 수밖에 없다는 것.

"그래요?"

"네, 맞아요. 이미 그거 말고 추가 계약도 되어 있어요."

"추가 계약?"

"원래는 2차 공모전이 예정되어 있었는데……."

노형진과의 소송이 진행되면서 무기한 연기된 상황이라는 것.

"그거 관련 자료를 가지고 오면 소 취하해 드리죠."

그 자료는 애초부터 사기를 목적으로 도메인을 취득했다는 가장 확실한 증거였다. 그러니 그 정도면 도메인을 취소하는 게 충분히 가능했다.

"진짜요?"

"네, 바로 취하해 드리겠습니다."

그 말에 사인범의 얼굴이 환해졌다.

사인범은 몰래 해당 자료를 가지고 와서 노형진과 새론에
건넸다.

　그리고 노형진은 바로 도메인 관리 업체에 연락했다.

　사실 노형진이 도메인 취소 소송을 걸기는 했지만 일차적
인 관리 책임은 그 도메인을 관리하는 업체에 있다.

　그리고 그런 업체들은 모두 규정에 따라 사기를 목적으로
만들어진 도메인을 취소할 권리가 있다.

　한두 건도 아니고 애초부터 모든 작품의 저작권을 빼앗으
려고 만들어진 도메인이다.

　그건 규정 위반이었기에, 관리 회사는 당연히 참영의 도메
인을 취소해 버렸다.

　"이럴 수가……."

　박도상은 믿을 수 없다는 듯 몇 번이나 화면을 새로 고침
했다.

　하지만 그의 화면에 보이는 것은 단 하나, 연결할 수 없다
는 경고뿐이었다.

　"이럴 수는 없어……."

　텅 비어 버린 사무실.

　직원들은 직감적으로 대부분 출근을 거부했다.

　정확하게는, 일부 직원은 어쩔 수 없이 출근했으나 회사

앞에 몰려든 투자자들 때문에 겁을 먹고 들어오지도 못했다.

"이 개새끼야! 내 돈 내놔!"

"내 돈 내놓으라고! 내 돈."

"씹쌔끼, 넌 뒈질 줄 알아! 내가 너 살려 둘 것 같아!"

"이 새끼야! 안에 있는 거 알아! 나오라고!"

잠긴 회사의 문 밖에서 들려오는 투자자들의 목소리. 그리고 그 목소리에서 느껴지는 분노.

하지만 박도상은 애써 무시하면서 다시 한 번, 또다시 한 번 새로 고침을 했다.

그러나 화면에는 연결할 수 없다는 글만이 계속 보일 뿐이었다.

결국 박도상은 인정할 수밖에 없었다.

자신이 망했다는 걸.

그리고 재기는 불가능하다는 걸.

또다시 문밖에서 고함 소리가 들렸다. 하지만 기존과는 다른 목소리였다.

"박도상 씨, 경찰에서 나왔습니다. 당신을 사기 혐의로 체포합니다."

"……"

"문을 열지 않으면 강제집행 하겠습니다."

박도상은 대답할 수 없었다. 아니, 대답하기 싫었다.

그러나 그렇다고 피할 수는 없었다.

"이게 문 여세요."

그 말에 삐리릭 소리가 들렸다. 건물 관리소 측에서 문을 열어 주는 것이 분명했다.

그 소리에 박도상은 눈을 질끈 감았다.

"결국 망하네."

핸드폰으로 인터넷 기사를 본 서세영이 중얼거렸다.

그녀의 핸드폰에는 참영의 부도 소식이 떠올라 있었다.

제아무리 잘나가던 인터넷 기업이라 해도 도메인이 닫혀 버리면 망하는 수밖에 없다.

"망하는 걸로 끝이게? 아직 문제 해결 안 끝났다."

"응? 어째서?"

"환불해 줘야지."

"아!"

참영에서 서비스한 작품은 초반에는 무료지만 그 이후 분량부터는 돈을 내고 봐야 한다. 당연히 적지 않은 사람들이 돈을 내고 작품을 봤다.

문제는, 유료 열람 방식에는 대여와 구매가 있는데 구매의 경우 소유권이 독자에게 있다는 거다.

당연히 구매한 사람들 입장에서는 자기가 소유한 작품들

이 한꺼번에 날아갔으니 환불을 요청할 수밖에 없는데, 현재의 참영은 환불이 불가능하다.

"그건 별도의 범죄고 말이지."

아마도 박도상은 재기 불능 상태가 될 거다.

"그러면 저희는?"

"이제 그 아이디어로 작품 하나를 제대로 만들어서 공모전에 내셔도 됩니다."

"진짜로 말입니까?"

"네. 물론 그 후에 당선되는 건 전혀 다른 문제이지만요."

"감사합니다. 감사합니다."

수년간 고민해서 만든 아이디어였다.

그런데 눈뜨고 빼앗길 뻔하던 중 되찾아 준 노형진에게, 안중창을 비롯한 작가들은 모두 감사의 눈물을 흘릴 수밖에 없었다.

"모두 잘되시기를 바랍니다."

노형진은 그들의 감사의 인사에 미소로 답했다.

노형진이 그들에게 해 줄 수 있는 건 이제 그것뿐이니까.

"힘내세요."

"최선을 다하겠습니다."

인사를 건네는 작가들의 얼굴에는 어느 때보다 환한 미소가 떠올라 있었다.

그건 가능성이 준 선물이었다.

  한국에는 많은 부서가 있고, 그들 중 누군가는 열심히 노력하고 정부와 국민을 위해 일한다.

  그러나 또 어떤 곳은 대충 월급 루팡 짓거리를 하며 돈이나 횡령하려고 한다.

  전자야 상황에 따라 달라진다.

  소방서는 보통 사람들에게 믿음을 얻지만, 경찰은 상황에 따라 달라지기 때문이다.

  하지만 대한민국 외교부는 절대적으로 후자라고 봐도 무방하다.

  "아오, 쌍놈의 새끼들!"

  고연미 변호사가 전화기를 후려치듯이 내리찍으며 분노를

토하면서 소리를 버럭 질렀다.

때마침 사무실 앞을 지나가던 노형진이 그녀를 빼꼼 바라
보았다.

"고 변호사님? 왜 그러세요?"

그도 그럴 게, 고연미는 원래 아이돌 출신이다. 그것도 그
저 그런 아이돌도 아닌 제법 잘나갔던 아이돌.

분류하자면 2세대 아이돌쯤 되고, 한류까지는 아니더라도
중국과 일본 등지에서 활동한 이력도 있는 그런 아이돌 출신
이다.

그래서 그런지 자기 관리가 상당히 철저한 편이다. 감정도
상당히 절제된 방식으로 드러낸다.

그렇다 보니 지금처럼 저렇게 욕하는 건 노형진도 처음 봤다.

"아, 노 변호사님?"

"무슨 일 있으세요?"

"그렇잖아도 저, 이거 노 변호사님한테 헬프 좀 치려 하고
있었어요."

"헬프?"

그 말에 노형진은 그녀의 방으로 들어갔다.

"무슨 일인데요?"

"외교부 새끼들 때문에 미치겠어요."

"외교부요?"

"네, 이 새끼들이 진짜, 후우~."

"도대체 뭔 짓을 저질렀는데요? 아니, 요즘 문제가 된 게 너무 많아서."

한국 선원이 타고 있는 선박이 인도네시아 정부에 나포되었는데 '한국 배가 아니니 알아서 탈출하세요.'라고 한다든가.

타국에서 외교관이 성범죄를 저지른 걸 현지 직원이 고발하자 면책특권을 휘두르면서 해당 직원에게 보복한다든가.

탈북민을 방치해서 북한으로 넘겨준다든가.

현지 직원을 외교부 직원이 폭행한다든가.

테러 단체에 납치된 자국민의 존재도 모르다가 다른 나라에서 구출 작전을 하고 나서야 안다든가.

중국에서 한국 노동자가 사망했는데 현지 대사관에서는 '재주껏 알아서 해결하세요.'라고 말한다든가.

"병신 짓을 너무 많이 해서 모르겠는데요?"

어깨를 으쓱하며 노형진이 말했다. 그러자 고연미가 한숨을 푹 내쉬었다.

"현지에서 집단 강간으로 네 명이나 되는 청년이 체포되었거든요."

"어디서요?"

"필리핀요."

그들은 다급하게 한국 대사관에 전화해서 도움을 요청했는데 한국 대사관은 '해당 업무는 대사관 소관이 아닙니다.'라면서 새론의 필리핀 지점을 알려 줬고, 그 사건이 현지 지점에 접수된 후에 한국 측 파트너로 고연미 변호사가 배정되었다는 거다.

"그런데요?"

"그런데 지금 전화하니까 이 새끼들이 자기들은 보호 의무가 없으니까 알아서 하래요."

"아직도 그래요?"

그 말에 노형진은 눈을 찡그렸다.

그럴 수밖에 없는 게, 전 세계에 새론 지점을 설치하거나 안되면 제휴 로펌이라도 만든 게 노형진이었기 때문이다.

그것도 각 나라의 대사관과 외교부에서 일을 제대로 하지 않아서 만든 거였다.

"떠넘기는 거야 하루 이틀 문제가 아니니 뭐, 이상한 일은 아닌데."

외교부 직원들에게 중요한 건 자기들이 접대받을 시간이나 술 처먹을 시간이지, 자국민 보호가 아니니까.

그래서 새론 지점이 생긴 후로 더더욱 적극적으로 문제를 새론에 떠넘겨 왔다.

그런데 현지 대사관은 그렇다 치고 한국 내부, 즉 본국에 있는 외교부라면 자국민을 보호하기 위해 뭐든 해야 한다.

그런데 기껏 한다는 소리가 '나는 책임 없으니 알아서 하세요.'라니.

"막장이네, 진짜."

노형진은 고개를 절레절레 흔들었다.

"호의가 계속되면 둘리인 줄 안다더니."

원래 이건 외교부에서, 아니 각 나라의 대사관에서 할 일이다.

그런데 그것도 제대로 하지 않고 나 몰라라 하고 있다는 사실에 노형진은 기가 막혔다.

"일단 저도 이쪽에서 어떻게든 해결하려고 하는데 필리핀에서는 답이 없나 봐요."

"진짜 강간 사건은 아니고요?"

"저희에게 보내온 기록에 따르면 그럴 가능성은 높지 않다고 보는데. 노 변호사님도 아시잖아요."

"알죠."

진실은 강간 사건이 있었다는 게 아니라 그 나라에서는 '그렇게 처벌하고 싶어' 한다는 거다.

가만히 생각에 잠겼던 노형진은 이내 심각한 표정으로 고개를 들어 고연미를 쳐다보았다.

"이거 일이 틀어진 것 같은데요."

"일이 틀어지다니요?"

"일단은 회의를 좀 해야 할 것 같습니다. 급하니까, 있는 사람들끼리라도 하죠."

"그 정도로 급해요?"

"급합니다. 이대로 당할 수는 없으니까요."

노형진은 다급하게 회의를 소집했다.

⚖️

회의에는 그리 많은 사람이 오지 못했다.

김성식은 다행히 있었지만 무태식 외의 다른 사람들은 없었기에 결국 김성식 그리고 고연미와 노형진, 무태식 이렇게 네 사람만 하게 되었다.

"나도 사건 이야기는 들었네. 이거 어떻게 된 거야?"

"아마도 또 그 짓거리를 한 것 같습니다."

"그 짓거리?"

"함정을 판 거죠."

함정을 파서 돈을 뜯어내려고 시도한 것이다.

"사건 기록을 보면 딱 그래요."

그들이 간 곳은 술집도, 성매매 업소도 아니었다.

필리핀에 가면 제법 흔하게 있는 관광 마사지 업소였고, 네 사람은 친구끼리 여행을 떠난 이들로 그곳에서 여행의 피로를 풀 생각이었다.

하지만 공교롭게도 업소 내에는 마사지를 하는 여성 근무자가 두 명뿐이라서 두 사람씩 번갈아서 마사지를 받을 수밖에 없었는데, 그들이 마사지를 받고 나왔을 때 갑자기 경찰이 들이닥친 거다.

이것이 법이다

그들은 네 사람이 두 명의 여성 안마사를 집단 강간했다는 신고가 들어왔다고 말했고, 그 말이 끝나기 무섭게 조금 전까지만 해도 웃으면서 마사지를 해 주던 여자들이 다짜고짜 울고불고하면서 저들이 우리를 강간했다고 주장했다는 것.

"그렇죠? 이대로라면 진짜로 노린 거죠?"

"노린 거 맞는 것 같네."

기가 막힌 일이다.

일단 그럴 이유도 없고 그럴 생각도 없이, 진짜로 피로를 풀기 위해 간 거니까.

만일 강간당했다면 찢어진 옷이라든가 폭행의 흔적이라든가 그런 거라도 있어야 하건만, 그런 건 전혀 없는 상황임에도 불구하고 필리핀 경찰은 그들을 질질 끌고 가서 감옥에 처넣었고 그들은 다급하게 대사관에 도움을 요청했다.

"그리고 대사관에서는 새론에 사건을 떠넘겼고."

새론에서는 다급하게 그들을 구하려고 했다.

"문제는 거기서 틀어진 거죠."

"뭐가?"

"그들이 너무 빨리 움직인 겁니다."

"누구? 경찰?"

"아니요. 피해자들요."

원래 계획은 결탁한 가짜 피해자들과 경찰이 그렇게 겁주고 합의를 종용해서 적지 않은 돈을 뜯어내는 것이었을 거다.

"그런데 우리가 끼어든 거죠."

"그게 왜 문제가 된다는 거죠?"

"이렇게 되면 사건의 결말은 둘 중 하나가 되거든요. 첫 번째, 진짜로 그들이 강간죄로 처벌받든가. 두 번째, 자신들이 셋업 범죄로 처벌받든가."

"아!"

실제로 노형진, 아니 새론이 전 세계에 관련 제휴 로펌을 만들게 된 이유가 바로 셋업 범죄 때문이다.

셋업 범죄란 범죄자가 아닌 사람에게 죄를 뒤집어씌우고 돈을 갈취하는 방식인데, 주로 동남아에서 벌어진다.

보통 피해자의 짐에 마약이나 위험한 무기 등을 심어 두고 경찰이 피해자를 현장에서 체포한 후에 돈을 요구하고, 돈을 주지 않으면 그걸 핑계로 처벌하는 방식으로 운영되었다.

그리고 셋업 범죄는 주로 한국인을 대상으로 이루어졌는데, 그도 그럴 게 동남아에서 이런 셋업 범죄가 기승을 부릴 때 다른 나라는 그런 셋업 범죄에 대해 의심하고 국가 차원에서 대응한 반면 한국 외교부는 피해자가 현지 교도소에서 죽든 말든 신경도 쓰지 않았기 때문이다.

그렇다 보니 한국인은 외교부에 도움을 요청하기보다는 차라리 돈을 주고 풀려나는 게 안전해서, 동남아에서 벌어지는 셋업 범죄의 주요 표적이 되어 버렸다.

"우리 새론과 손잡은 로펌이 끼어드니까 그들 입장에서는 다급해졌다 이거군."

"맞습니다."

새론의 지점은 셋업 범죄를 저지른 범죄자를 가만두지 않고 철저하게 파멸시킨다.

그래야 나중에 다른 피해자를 만들지 않기 때문이다.

셋업 범죄를 저지른 놈들은 절대로 한 번에 끝내지 않는다.

그렇게 번 수익을 윗선과 나눠야 하고, 또 그래야 윗선이 자신을 비호해 주기 때문에 끊임없이 범죄를 저지르고 그 돈을 상납해야 한다.

그래서 새론은 애초에 그들을 박멸한다는 확고한 목적을 가지고 움직인다.

"그들이 협박하기도 전에 새론이 끼어드니까 남은 선택지는 하나뿐이라 이거군요."

자신들이 살기 위해서는 어떻게 해서든 강간이라는 셋업 범죄를 사실로 만들어야 하는 것이다.

"그러면 이건 어떻게 해야 하죠?"

"뭐, 그쪽에서 알아서 할 일입니다."

"네?"

노형진의 말에 고연미는 눈을 찡그렸다.

갑자기 거기서 알아서 할 일이라니?

"아, 오해는 하지 마세요. 아무것도 하지 않는다는 게 아니라, 셋업 범죄에 대한 경험은 그쪽 지점이 많다는 겁니다."

이미 그들도 셋업 범죄라고 판단하고 해결하기 위해 여기 저기 뛰고 있을 거다.

"다만 강간을 셋업으로 하는 경우는 드물어서 좀 고민스럽기는 하겠네요."

"어째서인가요?"

"셋업 범죄는 동남아의 부패 경찰이 많이 저지르거든요."

마약이나 불법 무기를 수색한다면서 슬쩍 짐에 섞어 넣는 방식으로 범죄가 이루어지고 그 후에 현장에서 바로 체포되기 때문에, 아니라고 항변도 못 하게 하는 게 일반적인 셋업 범죄의 방식이다.

"그런데 강간은 여자라는 존재가 껴야 하지 않습니까? 수익을 나눌 수밖에 없죠."

"아하!"

그렇다 보니 제3자에게 돈을 줘야 하는 강간이라는 죄목은 딱히 선호되지 않는다.

"그렇다고 해서 아예 사례가 없는 것도 아니지만요."

"어째서요?"

"가방에 뭔가를 넣는 셋업 범죄는 보통 공항에서 많이 이루어지거든요."

관광하러 온 사람이 길거리에서 가방을 들고 배회하지도 않거니와, 설사 숙소를 옮기기 위해 짐을 들고 나온다고 해도 길바닥에서는 수색을 못 하니 경찰서까지 가야 한다.

"경찰서에서는 아무래도 셋업 범죄를 저지르기가 쉽지 않지."

왜냐하면 그 안에서 누군가 이상하게 생각해서 직접 수색하겠다고 하거나 동석을 요구할 경우 거절하기 힘들기 때문이다.

물론 끼리끼리라고 눈감아 줄 수도 있지만, 그렇지 않은 경우 진짜 자기가 위험해질 수 있다.

"그런데 여자 둘만 있는 가게라면 어떨까?"

"아하! 그렇군요."

여자만 있는 곳. 그곳에 남자 손님이 들어오면 셋업 범죄를 구성하기 쉽다.

강간으로 엮어 버리면 처벌도 강한 데다가, 가게 안에 CCTV를 달지 않으면 그 안에서 마사지를 받은 건지 강간을 한 건지 증명할 수 있는 건 그 여자들의 증언뿐이니까.

"그리고 그걸 노린 거라면 생각보다 어려운 일이고."

"보디캠이라도 있었으면 좋겠는데 말이죠."

경찰이 갔을 때 보디캠이 있었다면 자칭 피해자라는 여자들의 옷 상태만으로도 그 죄 여부를 판단할 수 있었을 것이다.

만일 진짜로 집단 강간이 이루어졌다면 옷이 찢어지거나 저항의 흔적이 있었을 테니까.

하지만 그것도 없고, 경찰은 이미 그 여자들과 짜고 함께 움직이고 있으니 그게 문제인 거다.

"이 경우는 확실히 불리하기는 하겠네요."

노형진도 인정할 수밖에 없었다.

이쪽에서 여자들의 신체 상태가 멀쩡하다고 주장해 봐야 경찰들이 여자들이 옷을 갈아입었다고 주장하면 의미가 없다.

"주변에 CCTV가 없을까요?"

"없겠지. 한국도 아닌 필리핀이라면 더더욱 말이야."

물론 깔끔한 도심이라면 CCTV가 있을 거다.

하지만 필리핀에 관광하러 가는 사람들이 과연 도시의 숲을 구경하고 싶어 할까, 아니면 필리핀 특유의 토속적인 지역을 구경하고 싶어 할까?

그리고 후자는 대부분 CCTV가 거의 없다시피 한다.

"이거 까딱하면 질 수도 있겠는데요."

무태식도 인정할 수밖에 없었다.

수많은 셋업 범죄를 처리했지만 이건 생각보다 위험한 상황이라는 걸.

최소한 경찰 혼자 한 셋업 범죄의 경우는 이쪽에서 거칠게 항의하면 필리핀 현지에서는 일단 조사라도 하는 척하지만, 이런 경우는 피해자가 있기 때문에 필리핀 정부에서도 자국민 보호라는 핑계를 대면서 셋업에 대한 수사를 하지 않아도 방법이 없다.

"그러면 최악의 경우 네 사람은?"

"아마도 강간으로 처벌받겠지."

그리고 필리핀에서 강간죄 처벌은 절대로 가볍지 않다.

아니, 사실상 거의 살아 나오지 못한다고 생각해도 무방하다.

"살아 나오지 못한다고요?"

"그렇지, 현실적으로."

"어째서요?"

"일단 필리핀 교도소가 꽉 찼거든."

"네?"

김성식의 말을 고연미는 이해하지 못했다.

하긴, 한국의 변호사가 필리핀 교도소의 사정까지 알 필요는 없으니까.

"두에른이 지금 어떤 식으로 국가를 운영하는지 아시죠?"

"막장이죠."

"네, 맞습니다. 일견 필요하기는 하지만 또 한편으로는 개판이죠."

두에른은 강력한 범죄 처벌 덕에 당선된 대통령이다. 실제로 그렇게 했다.

물론 그 과정에서 초법적인 권한으로 조금만 의심스럽거나 정적이라고 판단되어도 수단을 가리지 않고 죽여 버렸다.

동시에 자신의 편이라면 뭔 짓을 해도 보호해 주려고 했고 말이다.

"그래서 우리 새론이랑 한번 대판 붙었잖아요."

"맞습니다. 기억하시네요."

"유명했으니까요."

한국인을 죽인 건 두에른의 최측근이었고, 그건 그의 돈을 노린 범죄였다.

　하지만 두에른은 그들을 포기하지 못해 사건을 은닉하려고 했기에, 그 사건에서 노형진은 압박을 통해 그들을 찍어 눌렀었다.

　"그런데 그게 왜요?"

　"그는 극단적입니다. 그래서 법과 원칙이 무너졌죠."

　그는 셋업 범죄에 관해 극단적으로 대응하고 있다.

　자기 입으로 셋업 범죄를 저지르면 직접 대가리에 총알을 박아 주겠다고 떠들고 다닐 정도로 말이다.

　"그리고 그러한 범죄에 대한 처벌도 극단적일 정도입니다."

　그의 인기 비결이니까 당연하다면 당연한 거다.

　"그 말은……?"

　"네, 셋업을 저지른 놈들은 진짜 죽게 생겼다는 거죠. 그리고 우리 의뢰인들도 말입니다."

　"하지만 국제적인 문제가 있잖아요?"

　아무리 두에른이라고 해도 외국인을 마음대로 죽이지는 못한다.

　"맞습니다. 그렇지요. 문제는 이 재판이라는 게 언제 이루어질지 모른다는 겁니다."

　"언제 이루어질지 모른다고요?"

　"네."

지금 필리핀의 감옥은 꽉 차 있고, 재판은 코델09바이러스로 인해 극도로 제한된 환경에서 아주 조금씩 이루어지고 있다.

그렇다 보니 한번 수감되면 재판을 받는 데 3~4년씩 걸린다.

재판의 숫자는 줄어들었는데 재판해야 하는 놈들은 늘었으니까.

"더 큰 문제는 그런 경우에 대한 대비가 전혀 없다는 거죠. 정확하게는 아예 그걸 이용하는 상황입니다."

가령 징역 3년 형에 해당하는 죄를 저질렀다고 치자.

그런데 그걸 재판받기 위해 얼마나 기다려야 할까? 3년? 4년?

3년을 기다려 결국 재판이 끝나서 3년 형이 나왔다면?

그때는 풀어 줄까? 이미 3년이 지났으니까?

아니면 그때부터 3년이 새로 시작될까?

더군다나 재판은 한 번만 받는 게 아니다. 기일이 다르니까.

"내일 기일이 있으면 다음 기일은 1년 5개월 후, 그런 게 지금 필리핀의 상황입니다."

"미친! 그 정도라고요?"

"네."

그리고 그 기간에는 계속 교도소에 있어야 한다.

문제는 필리핀 교도소의 상황은 열악함을 넘어서 지옥 수준이라는 거다.

실제로 동남아 교도소에 잡혀 들어간 미국의 청년이 에이즈에 걸려서 시한부 목숨이 되고서야 풀려났다.

"한국 청년들이 거기에서 버틸 수나 있을까요, 한국 정부의 도움도 없이? 글쎄요."

아마도 살아남기 힘들 거다.

설사 살아남는다 해도 온갖 심각한 질병에 시달리게 될 거다.

"대체 그 애들은 왜 이런 시국에 필리핀에 간 거래요?"

그 말에 노형진은 쓰게 웃었다.

'그거야 제가 일으킨 나비효과 때문이죠.'

차마 할 수 없는 말이었다.

원래대로라면 이 시기에 해외여행은커녕 입국허가도 나지 않았을 거다.

하지만 노형진이 마이스터를 통해 개발한 백신이 생각보다 효과가 좋고 부작용도 적었기에, 현재는 회귀 전과 다르게 백신을 맞으면 입국이 가능하기는 했다.

당연히 그 과정에서 무조건 2주간 격리되던 과정도 백신을 맞은 사람에 한해서는 제외되었다.

"문제는, 필리핀은 그래도 여전히 코델09바이러스에 고통받고 있다는 거죠."

"어째서요?"

"두에른이 친중 정치인이거든."

"네?"

"이게 문제인데요."

마이스터에서 나온 코델09바이러스는 분명 효과가 좋다.

주기적으로 맞아야 한다는 사실이 바뀐 건 아니지만 부작용도 거의 없다시피 하고 변이에 대한 저항성이 다른 백신보다 훨씬 좋았다.

문제는 친중 정치인이었던 두에른이 지난번 노형진과 부딪친 사건 이후로 더더욱 극단적인 친중 인사로 변했다는 거다.

그 결과 필리핀은 마이스터에서 개발한 백신을 거절했다. 자존심이 상했으니까.

그리고 마이스터도 굳이 그걸 받으라고 설득하지 않았다.

왜냐하면 굳이 맞지 않겠다는 나라에까지 가서 맞으라고 설득하기에는 백신의 공급량이 턱없이 부족했기 때문이다.

'그리고 이게 이 지경이 된 거지.'

그러자 두에른은 마이스터와 비슷한 시기에 나온 중국의 백신을 쓰기로 결정했다.

문제는 원래 역사에서는 더 늦게 나와야 할 중국산 백신이 훨씬 더 빠르게 나와 상용화되었다는 거다.

회귀 전에도 물백신이니 뭐니 하면서 그 효과에 대해 말이 많았던 중국산 백신이 더더욱 급하게 나오면서 그 효과가 너무 약해졌다.

결국 필리핀은 현재 코델09바이러스로 전 국토가 감염된 상황.

대부분의 나라들은 그런 필리핀으로 여행은커녕 입국도 꺼리고 있었다.

"그러면 처음부터 돈을 줬으면 이런 문제는 없었을까요?"

그 질문에 노형진은 고개를 흔들었다.

"아닙니다. 그럴 가능성은 높지 않습니다. 애초에 줄 수 있는 돈이 아니었을 겁니다, 아마도."

"네? 어째서요?"

"제 예상이지만 이 정도 인원까지 동원해서 작정하고 함정을 판 걸 보면 여럿이 관련된 걸 겁니다."

"여럿이……."

"네. 그러니까 수익을 나눠야 하는 놈들도 엄청나게 늘어났겠죠. 아마도 수억 단위의 돈을 요구하지 않았을까 싶네요."

"수억요?"

"네. 보통 필리핀 셋업 범죄에서 요구하는 돈은 500만 원에서 600만 원선이기는 합니다만."

그러나 상황이 바뀌었다.

두에른 때문에 걸리면 진짜 목숨을 잃어버리게 생겼고, 돈 나올 구멍도 없다.

"오는 사람은 없고 필리핀은 코델09바이러스로 고통받아서 돈이 더 절박해졌죠."

그렇다 보니 위험도는 훨씬 더 심해졌다.

관광객의 숫자가 줄어들면 셋업 범죄를 저질렀을 때 집중해서 보게 되니까.

"큰 거 한 방이라 이건가요?"

"맞습니다."

전처럼 자잘하게 500만 원, 600만 원씩 요구하는 자잘한 범죄를 계속하지는 않는다. 그랬다가는 목숨이 위험해지니까.

그들이 사용하는 방식은 한 방에 수천만 원을 요구한 뒤 바로 손 터는 식이었다.

'원래도 그랬지. 이거야 원.'

사실 이건 원래 역사에서도 벌어진 일이었다.

코델09바이러스가 약해져서 사람들이 다시 나다니기 시작하자 셋업 범죄도 다시 기승을 부렸는데, 기존에 벌지 못했던 돈을 벌기 위해서인지 더더욱 극성이었다.

심지어 요구하던 금액도 수천만 원에서 억 단위까지 뛰었다.

'제일 크게 부른 돈이 8억이었던가?'

다만 그 사건은 좀 특수한 게, 그 셋업 범죄를 저지른 범인의 패거리가 한국인이었다는 거다.

즉 그들이 현지에서 경찰과 여자를 고용, 자신이 데리고 간 사람을 함정에 빠트려서 돈을 뜯어내려고 했던 것.

어찌 되었건 셋업 범죄의 요구 비용이 높아진 건 사실이다. 그리고 그 셋업 범죄에 점점 한국인들이 엮이고 있다는 것도 문제고 말이다.

"그 정도면 청년들이 낼 돈이 아닌 것 같은데."

"그러니까 돈을 주는 것 자체가 불가능했을 거라는 겁니다."

마이스터의 백신 덕분에 전 세계가 회귀 전처럼 국경을 완전 봉쇄한 건 아니라지만 그래도 여전히 여행은 극도로 제한된 상황이다.

당연히 해외여행을 가는 데 들어가는 비용이 과거에 비해 확 줄어들었다.

관광을 주업으로 하던 나라 입장에서는 목숨이 걸린 일이니까. 당연하게도 그건 필리핀도 마찬가지.

과거에 필리핀에 갈 돈으로 유럽에 갈 수 있는 판국에 굳이 훨씬 더 싼 필리핀에 갔다는 건, 그 청년들이 딱히 부자는 아니라는 소리였다.

"개떡 같네, 진짜."

그 말에 고연미는 진심으로 화를 냈다. 자신도 그렇게 가난한 시절을 겪었으니까.

"그러면 이걸 어떻게 해결하지?"

"이건 아무래도 정부의 도움이 필요하기는 하겠네."

분명 필리핀 정부는 자국민 보호라는 미명하에 억울한 죄를 뒤집어씌우려고 할 게 뻔하다.

그 이전에 당한 것에 대한 복수도 할 겸해서 말이다.

아니, 복수할 필요도 없다.

지금 상황에서 그들을 꺼낼 유일한 방법이 재판인데, 재판이 밀리고 밀려서 짧아도 1년, 길게는 3년씩 걸리는 판국이니 재판 없이 무조건 잡아 두면 그만이다.

"우리가 아무리 노력해도 재판에서 무죄가 나온 것도 아닌 상황에서 그들을 데리고 나오는 건 불가능하니까."

노형진의 말에 고연미는 눈을 찡그렸다. 그건 생각해 보지 못한 문제였다.

"빨리해 달라고 요청해도 안 될까요?"

"우리는 힘들지, 현실적으로."

김성식은 고연미의 말에 고개를 흔들었다.

필리핀 정부는 들어주지도 않을 거다.

솔직히 필리핀 정부는 과거 새론과 싸운 이후로 친하지 않기 때문이다.

"그러면 어쩌죠? 협박이라도 해야 하나?"

"협박?"

"전에 그 범인들을 협박해서 한국 사람을 풀어 준 적 있지 않아요?"

"아, 그건 어디까지나 두에른이 집권하기 전입니다."

그 당시에는 아무리 셋업 범죄가 돈이 된다고 해도 자기 목숨까지 걸 정도는 아니었다.

하지만 지금 필리핀에서 셋업 범죄는 목숨을 걸고 저질러야 하는 일이 되어 버렸다.

"그 전에는 기껏해야 잘리는 정도였지만, 지금은 잘리는 게 문제가 아니라 목숨이 위험합니다. 그러니까 차라리 죽이라고 하겠지요."

문제는 그걸로 필리핀 정부는 '그들이 억울하게 살해당했다.' 또는 '한국인이 협박했다.' 같은 식으로 언플을 할 거라는 거다.

"두에른이라는 사람이 정상적인 사람은 아닌가 보네요?"

"필리핀 입장에서는 필요악 같은 존재입니다."

다른 수많은 독재자들과 마찬가지로 그는 범죄에 대한 강력한 처벌과 보호를 외치면서 권력을 잡았다.

실제로 독재자들이 권력을 잡을 때, 특히 투표를 통해 권력을 잡을 때 가장 많이 하는 말이 그거다.

하지만 그건 어디까지나 외부적인 이야기일 뿐이다.

그런 독재자의 목적은 진정한 범죄자 처벌이 아니라 난잡하게 퍼져 있는 권력을 자신의 파벌로 흡수하는 거니까.

'두에른도 그랬지.'

두에른도 단순히 범죄자만 강력하게 처벌하는 데에서 그치지 않고 자기 파벌이나 자기한테 반대하는 정치인, 기자 등까지 잔인하게 숙청했다.

"그럼에도 불구하고 때때로 악은 필요하지."

김성식은 쓰게 웃으며 말했다.

그 말에 고연미가 고개를 가로저었다.

"현실은 잔인하군요."

최소한 권력이 한 사람에게 집중되어 있다면 그가 개인적으로 돈을 빼돌려서 자신의 배에 기름을 채울지언정 수많은 집단끼리의 분쟁에 휘말려서 죽을 가능성은 낮아지게 된다.

한 집단의 눈치만 보면 되니까.

옛날 군대에서 신병이 오면 하는 질문 중 하나가 '우리 중 누가 제일 못생겼냐.'였다.

그리고 그건 대답이 무엇이건 보복을 피할 수가 없는 질문이었다.

그도 그럴 것이, 신병 입장에서는 병장들 중 누가 선임이고 누가 후임인지, 누가 왕고이고 누가 말년인지 알 수가 없다.

그렇다 보니 누굴 고르든 '요즘 애들 교육 안 하냐?'라는 말을 듣고 그날 저녁에 끌려가서 두들겨 맞는 것이다.

병장급들이야 그 질문을 재미 삼아 하겠지만 후임들은 무슨 대답이든 보복당할 수밖에 없는 거다.

갱단도 마찬가지다.

갱단이 열 군데면 열 군데의 눈치를 봐야 하고 열 군데에 상납해야 하지만, 한 곳뿐이면 그곳에만 상납하면 되니까, 필리핀같이 치안이 개판인 곳에서는 실제로 차라리 그게 낫다는 생각을 할 거다.

"그러면 어떻게 해야 하나요?"

"가장 좋은 방법은 국가에서 나서서 해결해 주는 건데……."

아무리 재판이 밀렸다지만 국가 단위에서 나서서 조속한 해결을 촉구하면 중립적인 입장에서 빠르게 재판할 수밖에 없고, 그렇게 된다면 현실적으로 네 사람은 풀려날 가능성이 높아진다.

"하지만 외교부는 아무것도 하지 않으려 한다 이거지."

"네."

"노 변호사, 자네가 봤을 때는 이거 우리가 가서 항의하면 해결되겠나?"

"아뇨."

노형진은 고개를 흔들었다.

"그간 외교부의 업무 역량을 봤을 때 전혀 해결이 되지 않을 겁니다."

물론 새론에서 항의하면 쇼는 할 거다.

하지만 '쇼만' 할 거다.

"정식으로 필리핀 정부에 서류 하나 보내고 '우리는 할 거 다 했다.'라는 식으로 이야기할 게 뻔하죠."

그리고 모른 척할 거다.

그러다가 네 사람에게 실형이 나오거나 현지에서 처벌이라도 받으면 '우리는 각국의 법을 존중합니다.' 같은 헛소리나 찍찍 할 테고 말이다.

"외교부에서는 적극적으로 나서지 않을 가능성이 가장 큽니다."

"역시 그렇지?"

"네."

심각한 상황에 다들 고민하는 그때 고연미 변호사는 이해가 안 간다는 듯 말했다.

"아니, 외교부에서는 왜 이딴 식으로 행동하는 거예요? 이해가 안 되네. 한두 해 문제가 아니잖아요?"

그 말에 김성식과 노형진 그리고 무태식의 시선이 고연미 변호사에게 향했다.

"아, 고 변호사는 모르나?"

"잘 모르기는 하겠죠. 사실 그거 아는 변호사 거의 없을걸요. 그나마 우리야 과거에 지점 개설과 관련해서 일했으니 알고 있지만요."

"하긴, 나도 인수인계 받고 나서야 알았으니."

김성식은 혀를 끌끌 찼다.

다른 사람도 아닌 김성식 같은 사람조차도 한국 법에 대해 다 알지는 못한다.

그러나 대표가 된 후 각 지점에 관해 인수인계를 할 때 그나마 알게 된 게 있었다.

"뭔데요?"

"대한민국 외교부에는 해외에 있는 대한민국 국민에 대한 보호 의무가 없습니다."

"네?"

그 말에 고연미는 자신의 귀를 의심했다.

말도 안 되는 소리니까.

"아니, 잠깐만. 제가 잘못 들은 것 같은데요. 진짜로요? 외교부에 해외에 있는 대한민국 국민에 대한 보호 의무가 없다고요?"

"정확히는, 해당 업무가 대사관의 업무에 포함되지 않은 거죠."

"아니, 미친!"

"뭐, 이해합니다. 저도 처음에 그 사실을 알았을 때 이게 뭔 개소리인가 싶었으니."

무태식이 고연미의 반응을 이해한다는 듯 고개를 끄덕거렸다.

대부분의 사람들은 모르는 사실인 데다 알게 될 경우 기가 막혀서 말도 못 할 테니까.

"진짜예요?"

"네. 외교부, 즉 대사관에는 해외에 있는 자국민에 대한 보호 의무가 없습니다."

정확하게는 법적으로 규정된 의무가 없는 대신 상부에서 내린 처리 지침 같은 내부 규정으로 보호하도록 되어 있는데, 문제는 그건 권고 사항이지 의무 사항이 아니라는 거다.

그러니까 한국인이 도와 달라고, 살려 달라고 빌어도 생까고 술이나 처마셔도 법적으로 전혀 문제없다는 거다.

"실제로 그들이 우리에게 사건을 떠넘기는 이유가 바로 그 거라네."

법적으로 우리에게는 처리할 의무가 없다, 그러니까 너희가 알아서 해라.

그게 새론의 해외 지점들에 사건을 떠넘기는 가장 큰 이유다.

"국민들의 보호 의무가 법적인 의무도 아니고 처벌 규정이나 강제성조차 없는 처리 지침이라니, 말도 안 돼요."

고연미 변호사는 혼란스러워했다. 전혀 몰랐으니까.

"어쩔 수 없죠."

아무리 변호사들이 똑똑해도 헌법상에 존재하는 것과 존재하지 않는 건 전혀 다른 문제다.

거기다 해외에서 벌어진 사건이라면 아예 한국 변호사들의 업무 영역 밖이기 때문에 아무도 신경도 쓰지 않는다.

"새론의 경우가 특수한 거죠."

새론은 자국민의 보호를 위해 해외에서 여러 지점을 운영하고 있으니까.

"거기다가 한국 외교관들은 외교관으로서의 자질이 떨어집니다."

"떨어진다고요?"

"외교관들 중에 영사가 되면 좌천됐다고 생각하고 술 처마시고 사고 치는 놈이 있을 정도니까요."

"네? 그게 무슨 소린지……?"

"그게 말이야, 참 슬픈 일이라네."

외교관들에게 있어서 영사 업무, 즉 해외 대사관에 가서 영사로서 일하라는 명령은 가장 핵심 업무인 동시에 가장 영광된 일이어야 한다.

"하지만 한국의 외교관들은 해외로 발령받으면 인생 조졌다고들 생각한다더군요."

"어째서요?"

"주류에서 벗어난다고 생각하거든."

"주류요?"

"그래. 고 변호사도 알지 않나? 누군가는 가야 하지만 가기는 싫은 해외 발령."

"미친! 아니, 외교부가 왜 있는데요?"

"그게 문제야."

외교부는 외교 업무를 해야 하는 부서이기에 해외 발령이 핵심이다.

그런데 미국이나 중국, 일본, 유럽 등의 주요 국가를 제외한 동남아나 아프리카 등과 같은 나라들로 발령받으면 인생조졌다고, 주류에서 밀려나 찬밥이 되었다고 질질 짜면서 술이나 퍼마신다고 한다.

한국 내부에서 온갖 정치질을 해야 하는데 해외로 나가면 정치질을 할 수 없는 영역으로 쫓겨나는 셈이니까.

"그래서 악순환이지."

그나마 힘이 있는 나라에 발령받은 놈들은 그 나라를 비롯한 타국의 정치인들과 술 처마시면서 인맥 만들기에 혈안이되고, 좀 가난하거나 못사는 나라로 간 놈들은 커리어가 끝났다고 갑질하거나 술 처마시면서 막 나간다.

거기다가 자국민 보호 의무도 없으니 잘려도 그만이라는 식으로 행동하는 놈들이 넘쳐 난다.

"더구나 한국의 외교부에서 힘없이 해외로 발령받아서 나갔다 오면 거의 대부분 잘리거든."

좋게 말해서 잘리는 거고, 실상은 자리를 빼 뒀으니 꺼지라는 것이다.

"그들은 그 나라 전문가 아니에요?"

"그게 문제야. 그걸 인정하지 않거든."

물론 모든 외교관들이 다 그런 건 아니다.

사실 그런 외교관들은 극소수나 낙하산들이고, 대부분의 외교관들은 열심히 하려고 한다.

문제는 그런 외교관들은 오래 자리를 지킬 수 없는 구조라는 거다.

필리핀에서 한 10년쯤 근무한 외교관이 있다고 치자.

불가능한 일은 아니다.

외교관의 경우 법이 바뀌면서 외무고시를 대신해서 외교관 후보자 자격시험이 생겼는데, 합격하면 1년간 연수 후에 각 근무처에서 근무하게 된다.

비록 한 나라에서 10년씩 근무하는 건 순환 근무 때문에 지금은 힘들어졌지만 그렇다고 그동안 쌓은 인맥이 사라지는 건 아니니까.

"문제는 그런 경력을 외교부에서 인정하지 않는다는 거

지. 정확하게는, 그런 나라는 필요 없다고 생각하는 거고."

미국만 나라가 아니고, 유럽만 나라가 아니다.

각 부서를 만들고 각 나라에 맞는 외교 전략을 짜야 한다.

그런데 외교부에서는 죄다 미국과 유럽 같은 선진국 근무자들만 승진한다.

그리고 어딜 가나 마찬가지로 승진하지 못한 사람은 나가야 한다.

그래서 한국의 외교부는 다른 나라에 대한 영향력이 턱없이 부족하다.

미국이나 유럽은 만만하니 무시하고, 동남아나 아프리카 같은 곳은 윗선에 자기들을 이해하는 외교관이 없으니 짜증을 낸다.

"문제는 미국이나 유럽같이 성공할 수밖에 없는 나라로 가기 위해서는 인맥도, 돈도 필요하다는 거지."

대통령이라는 작자가 낙하산으로 미국 대사관에 직원을 박아 넣고 외교관이라는 작자가 자기 딸내미를 시험도 없이 외교부 직원으로 박아 넣는 상황이니 멀쩡하게 굴러가는 게 오히려 이상한 거다.

"환장하겠네."

말 그대로 대한민국 외교부는 총체적인 난국이다.

"그러면 이걸 어떻게 해결해요? 결국 재판을 기다리는 방법밖에 없나요?"

고연미의 말에 노형진은 고개를 흔들었다.

"물론 그럴 수도 있겠지요. 하지만 이런 말이 있지 않습니까? 호의가 계속되면 둘리인 줄 안다고."

"그렇죠?"

"우리 새론에서는 오래 참았다고 생각합니다."

사실 새론이 아무리 한국에서 가장 큰 로펌 중 하나라고 해도 해외에서까지 자국민을 보호할 의무는 없다.

그리고 설사 돈 때문에 보호한다 해도, 어디까지나 대한민국 대사관과의 협업을 통한 해결이어야지 지금처럼 대한민국 대사관에서 일하기 싫다고 던지는 걸 대신 똥 닦아 주듯 나서서 해결하는 상황이어서는 안 된다.

"그러니까 이참에 법을 제대로 바꿔야 할 것 같다고 생각합니다."

"하지만 어떻게 말인가?"

"일단 이번 사건은 투 트랙으로 가야 합니다."

"투 트랙요?"

"네. 첫 번째는 피해자 네 사람에 대한 구제. 두 번째는 외교관의 보호 의무에 대한 공론화."

첫 번째는 의뢰를 받았으니 당연히 해야 하는 거고, 두 번째는 이번 기회에 못 고치면 아마 대한민국 외교부는 나라가 망하는 그 순간까지 대한민국 국민을 보호할 생각을 하지 않을 테니까 해야 하는 일이다.

"어떻게 말인가?"

"일단은 공론화부터 시작하죠."

"항의한다고 해도 들어 처먹지 않을 텐데요?"

무태식은 걱정스럽게 말했다.

"저도 여러 번 해 봤습니다만, 이 새끼들이 들어 처먹어야 말이지요."

처벌 규정이 없으니 의무도 없는 거라며, 귀찮다고 내빼는 놈들이 바로 그들이다.

"저도 압니다."

한 번은 다른 나라에서 비상사태가 터져서 노형진이 그 사건과 관련하여 다급하게 그 나라의 외교 공관에 전화한 적이 있었다.

그런데 그 당시에 외교관이란 작자가 한 말은 '무엇을 도와드릴까요?'가 아니라 '개념도 없이 이 시간에 전화하느냐.'였다.

그리고 당시 시간은 저녁 7시 30분.

분명 업무 시간이 끝난 뒤이긴 하지만 그런 것치고는 과한 언행이었다.

이상하게 여긴 노형진은 그를 추궁했다.

그리고 알게 된 것이다, 술을 마셔야 해서 민원을 외면하려 했다는 사실을.

물론 나중에야 '노 변호사님인 줄 알았으면 당연히 처리해

드렸을 겁니다.'라고 변명 아닌 변명을 했지만 노형진이 보기에는 그게 더 큰 문제였다.

왜냐하면 자신이 아닌 다른 사람이었다면 항의했다고 해도 당연히 무시했을 거라는 소리였으니까.

"형사적으로 처벌은 못 하죠. 하지만 한국에서 민사를 넣으면 되죠."

"민사?"

"뜬금없이?"

"행정소송이 아니라?"

노형진의 말에 사람들은 어리둥절한 얼굴이 되었다.

이건 어디까지나 행정소송의 대상이라고 생각했기 때문이다.

하지만 노형진의 생각은 달랐다.

"다들 아시지 않습니까? 외교부에서는 대사관이나 영사관에서의 자국민 보호 의무를 완전히 빼 버린 상황입니다."

원래대로라면 넣어야 한다. 하지만 그 법을 만들 때 빠져 버렸다.

정확하게는 헌법 2조 2항에 '국가는 법률에 의하여 재외국민을 보호할 의무를 진다.'라고 되어 있다.

그런데 헌법에서는 보호 의무에 대해 이렇게 못 박아 놓고 정작 그걸 집행하기 위한 법률은 없다.

그리고 외교부에서는 법률상 보호 의무가 없으니 우리는 아무런 책임도 없다고 수십 년째 주장하고 있는 상황이다.

아마도 그 당시에 그걸 만든 국회의원들은 그게 너무나 당연한 일이니까 재고의 가치도 없다고 생각했을 거다.

사람을 죽이면 안 되는 게 당연한 것처럼, 외교하는 자가 자국민을 보호하는 건 당연한 일이니까.

하지만 외교부는 그 대신에 일하지 않을 목적으로 그걸 악용하고 있을 뿐.

"그러니 행정소송을 하게 되면 아무래도 우리가 불리해집니다."

"하긴, 그것도 그렇지."

더군다나 상대적으로 가난한 나라에 발령받은 외교관들은 그냥 인생이 막 나가는 성향이 좀 있다.

만일 제대로 일하려고 하는 사람이었다면 애초부터 이런 일은 없었을 거다.

"때때로는 아래에서 일하려 해도 위에서 지랄한다고 하더군요."

왜냐하면 아랫사람이 부지런히 일해서 문제를 해결하면 윗사람이 그게 곧 일하지 않은 자신이 창피당하는 거라고 생각하기 때문이다.

"그리고 행정소송의 주체는 외교부 그 자체입니다."

일단 법원에서 이쪽 편을 들어 주지 않을 가능성이 100%인 데다가 외교부와 소송하면 그들도 게거품을 물면서 싸우려고 달려들 거다. 지면 자기들이 귀찮아지니까.

"그러니까 재판 기간도 길어지죠. 1심이 끝난다고 해도 2심, 2심이 끝나도 3심까지 가겠죠. 당연히 당장 피해를 입고 있는 네 명의 청년들을 구할 방법은 없습니다."

아마 그때쯤이라면 네 사람 다 필리핀에서 죽었을 가능성이 크다.

"하지만 민사소송은 이야기가 다르죠."

"어째서요?"

"일단 외교관 새끼들도 뒈지기는 싫을 테니까요."

외교관이라고 해서 한국인이 아닌 건 아니다. 당연히 한국에 적을 두고 있고, 한국에서 월급을 받는다.

재산을 압류당하고 월급을 못 받게 되면 똥줄이 탈 거다.

"그리고 이건 업무상 배임에 해당됩니다. 어쨌거나 처리 지침은 있으니까요."

"아! 그렇군요."

만일 처리 지침마저 없다면 아예 업무가 아니라고 주장할 수 있지만, 아무리 법적으로 처벌 규정이 없다고 해도 외교부에서는 해외에 나가 있는 국민에 대한 보호를 업무의 한 영역으로 명백히 분류해서 강령으로 내려 둔 상황이다.

"확실히 그건 업무상 배임이 맞기는 하겠군."

위에서 확실하게 명령을 내린 업무의 영역이니까.

"맞습니다. 이기기도 쉽죠. 그리고 효과도 빠르고요."

"하긴, 그것도 그렇겠습니다. 윗선끼리는 알아서 뱅뱅 돌리니까요."

물론 소장을 넣고 그 소장이 도착하는 데에는 엄청나게 긴 시간이 걸릴 거다.

하지만 소위 권력자끼리는 카르텔이라는 게 있다.

법원에 소장을 넣는 순간 외교부에 연락이 갈 테고, 외교부에서는 그 소식을 바로 대사관에 전할 거다.

"그 상황에 죄에서 벗어나기 위해서는 어떻게 하겠습니까?"

"지금이라도 적극적으로 나서겠군."

김성식은 노형진이 말하고자 하는 것을 빠르게 눈치챘다.

외교관이 직접, 그것도 상당히 공격적으로 나서기 시작한다면 필리핀 정부도 마냥 무시할 수는 없다.

"기분 나쁘다고 무시할 수는 없는 거죠."

"하지만 그럴 수도 있잖아요?"

"물론 언론을 타지 않는다면 그럴지도 모르죠."

"아하!"

하지만 언론을 타기 시작하면 이야기는 달라진다.

"제가 그러지 않았습니까, 의무화 규정을 만들어야 한다고."

대한민국 국민 대부분은 보호 의무가 없다는 사실을 모른다.

그런데 그 사실을 알게 된다면 과연 가만있을까?

그리고 그 상황에서 국회가 가만히 있을까?

"그리고 좀 크게 쇼를 하시죠."

"쇼?"

"네. 대사관을 압류하는 겁니다."

그 말에 모두의 시선이 묘해졌다.

"일단은 제가 필리핀으로 가죠. 한국에서는 고연미 변호사가 나서서 언론 플레이를 해 주셔야 할 것 같습니다."

"제가요?"

"어찌 되었건 아이돌 출신 아닙니까?"

노형진이 해도 되지만 이런 건 일반 대중을 대상으로 언플을 많이 해야 하는 일이다.

아무래도 이슈화하기에는 고연미 변호사가 더더욱 도움이 된다.

"잘 엮으면 연예계와도 엮기 쉽고요."

"하긴."

한류 붐이 불면서 연예인들의 해외 활동이 활발해지고 있다. 그 상황에서 그들의 보호 문제도 대두될 테니까.

"한국이야 그렇다고 치고 필리핀에서는 어떻게 해결하려고? 자네는 필리핀 정부랑 사이가 안 좋잖아? 차라리 자네가 한국에서 언론 플레이를 하고 고연미 변호사가 필리핀에 가는 게 낫지 않을까?"

김성식의 말에 노형진은 고개를 흔들었다.

"안 됩니다. 필리핀 정부가 싫어하는 대상에는 새론도 포함되니까요."

만일 고연미 변호사가 가면 아마 필리핀 정부는 철저한 무시로 일관할 거다.

　새론에 대한 감정이 좋지 않으니까.

　"하지만 제가 가면 경계할 겁니다."

　"하긴, 자네가 필리핀에 큰 타격을 준 당사자니까."

　협조를 받을 수 없다면 저들의 공포심을 이용하는 게 최선
이다.

　"그런 만큼 빨리 움직이죠."

　노형진은 자리에서 일어났다.

　"이참에 싹 다 바꿔 보시죠."

　새론이 한국에서 외교부와 외교관에 대한 소송을 준비하는 사이 노형진은 필리핀으로 향했다.

　당연하게도 서세영은 그런 노형진을 돕기 위해 동행하는 중이었다.

　"우리나라 외교가 이렇게 개판인 줄은 몰랐네."

　"언론에서는 가능하면 언급하기 싫어하니까."

　공항에 내리자마자 느껴지는 시선에 노형진은 피식 웃으며 말했다.

　"이야, 아예 시선을 떼지를 않네."

　"감출 생각도 없다는 거지."

　"오빠가 한번 뒤집기는 했구나."

"그럴 만하지."

노형진 때문에 현 대통령인 두에른의 최측근 중 몇몇이 날아갔기 때문에 노형진이 들어온다는 소식이 전해지자마자 예상대로 두에른은 사람을 보내서 감시를 시작했다.

물론 편하게 하려면 아예 입국 금지를 내릴 수도 있겠지만 법적으로는 아무런 잘못도 없는 노형진에게 두에른이 입국 금지를 내리면 그렇잖아도 작살나고 있는 필리핀의 경제 상황이 더 작살날 수도 있고 최악의 경우 아래에서 민중 봉기가 일어날지도 모르는 상황이기에 그럴 수는 없었다.

"그런데 아예 감출 생각조차 없구나."

"일종의 위협일 수도 있고, 이런 나라에서는 아직 정보 조직이 확실하게 발달한 구조도 아니니."

설사 있다고 해도 두에른이 전 정권에서 만든 정보 조직을 믿을 인간도 아니다.

그는 시장 시절부터 자신의 사설 부대를 만들어서 운영하던 인간이다. 그런 놈이 과연 국가에서 만든 정보 조직을 믿을까?

"걱정하지 마. 별일은 없을 테니까."

농담이 아니라 실제로 그렇다.

이미 노형진 주변으로는 무장한 경호 인력이 배치되어 있으니까.

"노 변호사님."

그 순간 손을 번쩍 드는 한 남자.

그는 다가와서 노형진의 손을 덥석 잡았다.

"아미한이라고 합니다. 여기 새론 지점에서 일하고 있습니다."

"아미한 변호사님? 직접 나오신 겁니까?"

"상황이 상황이라서요."

아미한은 씩 웃으면서 노형진과 서세영을 재촉했다.

"가시죠, 눈총에 맞아 죽기 전에. 하하하."

그는 웃으면서 노형진과 서세영을 데리고 미리 준비한 차량으로 갔다.

어차피 일하는 사람들의 사진을 이미 주고받은 뒤라 그의 존재를 알고 있기 때문에 굳이 경계할 필요는 없었다.

아미한은 제법 커다란 지프에 두 사람을 태우고 내달리기 시작했다. 그러고는 음악을 틀었다.

"뭐, 달리는 차량을 도청할 능력은 없을 것 같지만 혹시 모르니까요."

"감시가 심한가 보죠?"

"새론은 두에른과 사이가 안 좋으니까요."

그나마 새론의 필리핀 변호사들이 굳이 두에른과 척지지 않았기 때문에 살해당하지 않은 거지, 만약 척졌다면 어쩌면 자신들도 죽었을 거라면서 아미한은 너스레를 떨었다.

"현재 상황은 어떻습니까?"

"현재 네 사람 다 감옥에 있습니다. 저희 쪽에서 매일같이 가고 있기는 하지만 글쎄요, 오래 버티지는 못할 것 같습니다. 아시겠지만 필리핀 감옥은 열악하기 그지없으니까요."

네 사람은 매일같이 말라 가고 매일같이 멍이 늘어나고 있다고 한다. 필리핀 감옥은 열악하기 그지없으니까.

"불구속 상태에서 수사받을 수 있도록 요청했습니까?"

"했죠, 벌써 몇 번이나. 하지만 도주 우려가 있다면서 허락을 안 해 주더군요."

"보복이군요."

필리핀에는 구치소가 따로 없다.

정확하게는 교도소에서 칸만 나눠서 한쪽은 구치소, 다른 한쪽은 교도소로 쓰고 있다. 당연히 열악하기 그지없다.

"그쪽 상황이 심각한가 보군요."

"네, 두에른이 집권한 이후로 교도소에 사람을 더 많이 수용해서 공간이 거의 없어졌으니까요."

한 사람당 잘해 봐야 0.8제곱미터쯤밖에 공간이 안 나오는 상황.

실내에서 자는 건 힘이 있고 권력 있는 놈들뿐이니, 둘 다 없는 놈들은 밖에서 자야 한다.

"실제로 네 사람은 밖에서 비를 맞으면서 자고 있습니다. 만일 필리핀이 열대지방이 아니었다면 벌써 얼어 죽었을 겁니다."

"먹는 건요?"

"거의 못 먹죠."

필리핀의 교도소에는 별도의 식당이나 주방이 있는 게 아니다.

마치 한국의 6.25 때처럼, 교도소의 한구석에 솥을 거치해 두고 정부에서 제공하는 벌레 먹은 쌀로 밥을 해 먹는다.

다른 반찬? 그런 게 어디 있나. 진짜 무 한 조각이라도 나오면 다행이다.

'벌레 먹은 쌀 속의 벌레는 귀중한 단백질'이라는 우스갯소리가 사실상 필리핀 교도소의 현실 그 자체인 셈이다.

"그나마도 양이 부족하죠."

처음에는 입에 맞지 않아서 못 먹었지만 지금은 그마저도 구치소에 있는 다른 죄수들에게 두들겨 맞고 빼앗겨서 제대로 못 먹는다고.

"그 정도라고요? 그런데 그걸 간수가 놔둬요?"

"필리핀에 간수가 존재하는 이유는 죄수를 보호하기 위해서가 아닙니다. 죄수가 탈출하는 것을 막기 위함인 거지."

그들이 탈주만 하지 않는다면 교도소 안에서 무슨 짓을 하든 신경 쓰지 않는 게 필리핀의 간수다.

"필리핀의 교도소 시설은 한국과 비교하면 열악을 넘어서 거의 존재감이 없다고 봐도 될 정도일걸."

노형진의 말에 서세영은 고개를 갸웃했다. 이해가 되지 않앉기 때문이다.

"존재감이 없다니?"

"간단하게 말해서, 진짜로 탈옥하려고 하면 못 할 것도 없을 정도로 허술하다는 거야."

콘크리트로 만들어진 높이 5미터짜리 담? 그딴 건 없다.

가시철조망으로 만들어진 담이 있기는 하지만 교도소에 수감된 죄수가 한둘도 아니고, 그들이 뭉쳐서 무너트리려고 한다면 못 할 것도 없다.

"그런데 탈옥수가 없다고?"

"그런 시도를 하면 그냥 쏴 버리거든요."

즉, 교도소라는 내부 공간에서는 뭔 짓을 하든 신경 쓰지 않지만, 나가려고 할 경우에는 가차 없이 죽여 버린다는 거다.

그리고 필리핀 정부의 방침상 그건 전혀 문제 될 게 없는 행위다.

길바닥에서도 경찰의 마음에 들지 않으면 마약상으로 몰아 대가리에 납탄을 박아 버려도 문제가 없는 게 현재 필리핀의 상황인데, 하물며 교도소에서 탈옥하려고 하는 자라면야.

"아마 네 사람 다 오래는 버티지 못할 겁니다."

자국민조차도 필리핀의 교도소에서 매주 열 명 이상이 죽어 나갈 정도로 열악한 상황이다.

아파도 치료도 해 주지 않고 그냥 죽을 때까지 냅 둔다.

"거기다가 교도소 안에는 코델09바이러스도 돌고 있으니까요."

당연히 마스크 따위도 없다.

백신? 중국 백신을 선택한 필리핀이다.

그마저도 양이 부족해서 필리핀의 일반 국민들도 다 못 맞는 상황인데 교도소 죄수들에게 줄 리가 없다.

"최악이네."

마이스터의 백신은 저항력을 높여 주는 거지 절대 걸리지 않게 해 주는 것이 아니다.

그리고 아무리 저항력을 높인다 해도, 사람 몸이 박살 나서 굶어 죽기 직전인 상태에서는 저항력에 쓸 에너지도 없다.

"저희 쪽에서 방을 구해서 네 사람을 옮기는 대신 막대한 보석금을 지불하겠다고 이야기했음에도 불구하고 요지부동이더군요."

물론 구해 줄 수 있는 공간이라고 해 봤자 결국은 작은 호텔 정도일 테고 그 앞에 경찰이나 누가 서 있어서 나가지도 못하겠지만, 그것만 해도 구치소에 있는 것보다 백배는 나을 거다.

"도주의 위험이라……."

이해는 간다.

아마 지금 필리핀 정부도 이게 셋업 범죄라는 걸 알 거다. 그런데도 이렇게 고집부리는 이유는, 두에른이 새론에 한 방

먹은 게 억울해서 복수하겠다고 지랄하고 있기 때문이다.

"이거 어떻게 해, 오빠? 우리가 나서서 해결할 수 있을까?"

"일단 정부 쪽과 접촉하는 건 불가능할 거야. 그러니까 다른 사람을 만나야지."

"다른 사람?"

"그래."

노형진은 턱을 만지작거리며 말했다.

"일단은 안전부터 확보하자. 그리고 나서 해결책을 찾아야지."

"하지만 그런 공간에서 어떻게 안전을 확보해?"

그 말에 노형진은 쓰게 웃었다.

"말했잖아, 필리핀 교도소 내부에서 무슨 일이 벌어져도 필리핀 정부나 간수는 신경도 쓰지 않는다고."

그렇게 말한 노형진은 아미한에게 물었다.

"그곳을 관리하는 죄수가 누굽니까?"

⚖️

한국에서 죄수가 교도소를 통제하는 건 말도 안 되는 소리다.

물론 방마다 소위 방장이라고 불리는 존재가 있지만 그건 어디까지나 방을 관리하는 업무를 위탁받은 존재일 뿐이지,

죄수가 교도소 전부를 관리할 수는 없다.

하지만 필리핀은 그게 가능하다. 심지어 바로 옆에 있는 구치소까지 관리한다.

죄수 중 파워가 가장 센 사람이.

"그래서, 나를 만나러 왔다고?"

다른 죄수들과 다르게 상당히 깨끗한 모습으로 나타난 제임스는 머리가 반쯤 벗겨진 50대의 남성이었다.

아미한은 이미 잔뜩 긴장한 상황이었다.

"조심하세요. 위험한 사람입니다."

그 말에 노형진은 고개를 끄덕거렸다.

제임스. 한국인 네 사람이 수감되어 있는 교도소를 관리하는 죄수.

사실상 교도소장을 제외하고는 이곳에서 서열이 가장 높다.

어떤 면에서는 교도소장보다도 서열이 높다. 교도소장은 위법을 저지를 수 없지만 그는 가능하니까.

"흠, 한국인과 만날 일은 없을 줄 알았는데."

제임스. 필리핀 헬라파의 두목으로, 재판을 기다리고 있는 보스다.

그리고 그가 속한 헬라파는 조직원만 3천 명이 넘는 초대형 폭력 조직이다.

원한다면 죄수고 간수고 다 죽일 수 있는 그런 조직.

그런 조직의 대빵이기에 제임스가 현재 교도소를 관리하

고 있는 것이다.

어차피 실형은 피할 수 없으니까 아예 교도소를 접수한 것.

출소하기 전까지는 나가지 못하겠지만 최소한 그는 이 교도소 내부에서는 왕이나 마찬가지다.

다른 사람들은 1인당 0.8제곱미터 안에서 몸을 부비며 살아가고 있지만 그는 교도소 안에 24평짜리 집을 가지고 있다.

물론 제대로 된 벽돌이나 콘크리트 건물인 것은 아니고, 목제 합판으로 지은 집이다.

하지만 그는 그 안에서 냉장고와 에어컨을 비롯한 온갖 전자 기기를 사용할 수 있고, 핸드폰으로 조직원들에게 명령을 내린다.

간수와 교도소장은 그 사실을 알지만 건드리지 못한다.

건드렸다가는 자신과 가족의 모가지가 날아갈 테니까.

실제로 그의 권력이 어느 정도냐면, 교도소 내부에서의 식량 제공 여부와 자는 공간도 그가 결정한다.

그가 '저 새끼 밥 주지 마.'라고 해 버리면 그날부터 그 죄수는 굶어야 하고, '저 새끼 안에서 재우지 마.'라고 말하면 그날부터 그는 밖에서 비 맞으면서 자야 한다.

"간단하게 거래를 하죠."

"어떤 거래?"

"한국인이 네 명 있습니다. 그들에 대한 안전을 보장받고 싶습니다."

"아, 소문의 그 새끼들? 안타깝기도 하지."

제임스는 안다는 듯 고개를 끄덕거렸다.

하긴, 한국인이 필리핀 교도소에 들어올 일은 그다지 없으니까.

"셋업 당한 것 같던데."

"잘 아시네요."

"뭐, 한때 달달하게 당겼으니까."

셋업 범죄가 돈이 되는데 폭력 조직이 거기에 손대지 않았을 리가 없다.

"그 바람에 이러고 있지만."

제임스는 어깨를 으쓱하면서 말했다.

딱히 그런 과거를 후회하지는 않는 눈치였다.

"그런데 내가 왜 그런 놈들의 편의를 봐줘야 하지? 뭐, 이제 와서 셋업 범죄에 대한 후회라도 하라 이건가?"

"그럴 리가요."

'그럴 이유가 없지. 후회할 새끼도 아니고.'

애초에 제임스는 최소 형량이 30년은 나올 인간이다.

설마하니 그가 수천 명 규모의 폭력 조직을 이끌면서 셋업 범죄만 저질렀겠는가?

아마 그의 명령에 죽은 사람의 숫자만 백 단위는 넘을 거다.

그럼에도 그가 30년 이하를 자신하는 이유는 간단하다. 그만큼 돈이 많으니까.

재판이 오래 걸릴 뿐이지, 재판장에게 두둑하게 먹여 놨을 것이다.

실제로 아미한도 첫 재판까지 1년 6개월은 걸린다고 이야기했지만 돈만 주면 2개월 안에 재판할 수도 있다고 했다.

그저 네 사람이 그 이전에 죽을 가능성이 크다는 게 문제일 뿐이다.

"방이 남는다고 들었습니다."

"한국 놈을 위한 방은 없어."

제임스도 교도소 내부에서 권력을 유지하기 위해서는 수감된 인원을 관리해야 한다. 그리고 그 인원의 편의를 봐줘야 한다.

문제는 그 인원들에게 줄 만한 편의 중 하나가 방이라는 것.

"압니다. 그래서 그들과 거래하려는 겁니다."

"뭐? 미친놈인가?"

"미친놈이 아니라 정상적인 거래죠. 방 하나를 빌리겠습니다."

물론 이 방은 교도소의 방을 뜻하는 게 아니다. 그가 살고 있는 24평짜리 집에 있는 방을 의미하는 거다.

감옥을 지배하는 보스가 거주하는 공간. 그곳만큼 안전한 곳은 최소한 감옥 내에는 없을 테니까.

"누가 준대?"

"하루에 1인당 한화로 10만 원씩 드리죠. 필리핀 페소로는

4,000페소 좀 넘을 겁니다."

"뭐?"

"1인당 10만 원. 그러니까 방 하나에 40만 원입니다. 페소로는 1만 7천 페소쯤 되겠네요."

한국으로 치면 5성 호텔 가격이지만 지금은 사람 목숨이 급하니까.

"말이 된다고 생각해? 그러면 누군가는 나가야 하는데?"

그의 집이라고 해도 그 혼자 쓰는 건 아니다. 그 공간은 부하들이 지키며 살고 있다.

그런 상황에서 그중 하나를 비우려 들면 그들을 적대한다는 의미가 될 수도 있기에 쉽게 결정할 문제가 아니었다.

그렇게 되면 부하들은 불만을 가질 테고, 그 불만은 제임스의 자리를 위협할 수도 있다.

"나는 그 돈을 받지 않아도 전혀 문제없어."

"물론 당신은 그럴 겁니다. 하지만 다른 사람들은 다르겠지요."

필리핀의 월급은 한국보다 훨씬 싸다.

하층민의 경우 한 달 평균 30만 원, 중산층의 경우 한 달 40만 원 정도 된다.

그런데 그마저도 못 버는 사람들이 넘쳐 난다.

"그리고 지금은 더하죠."

코델09바이러스 때문에 많은 사람들이 직장을 잃어버리고 밖에서 굶고 있다.

생존이 불투명하지만, 필리핀 정부는 격리를 우선시하고 있다.

어쩔 수가 없었다. 중국산 백신이 먹히질 않으니까.

"그러니까 네 명에게 자리를 양보해 주는 이들에게 그 돈을 주겠다는 겁니다."

"장난하나?"

"장난이 아닙니다. 어차피 당신이 다 먹지는 않을 거 아닙니까?"

10만 원을 주면 아마도 절반은 제임스가 가지고 가겠지만 나머지 절반은 부하들이 받아 갈 거다.

"한 사람이 양보하면 그에게 절반만 준다고 해도 하루에 5만 원은 가지고 갈 수 있죠. 조금 좁더라도 다른 방에 간다고 하면 그 방 사람들에게 돈을 나눠 줄 수도 있고. 어찌 되었건 그들은 돈이 더 필요할 겁니다. 밖에 있는 가족들을 위해서라도요. 안 그런가요?"

그 말이 맞기에 제임스는 약간 고민하는 눈치였다.

실제로 자신이야 그 돈이 필요 없지만 부하들은 필요하다.

전에는 조직에서 생활에 필요한 돈을 제공했지만 요즘은 그러기가 쉽지도 않고 말이다.

"당신이 돈을 더 줄수록 충성심도 더 깊어지겠지요. 당신 스스로 말하지 않았습니까, 당신은 그 돈 필요 없다고."

하지만 다른 죄수들도 그럴까?

그들도 밖에 가족이 있을 테니 그들의 생존을 걱정해야 한다.

제임스야 벌어 둔 돈이 있으니 가족 걱정이 덜하다지만 폭력 조직에 소속된 하위 조직원의 가족의 삶은 뻔하다.

"생각보다 힘들지는 않을 겁니다."

한 명씩 밖에서 자도 되고, 조금 더 무리해서 각자 다른 방에 들어가도 된다.

평소보다 좀 더 답답하기야 하겠지만 그 대가로 적지 않은 돈을 벌 수 있을 거다.

"내가 거절한다면?"

"돈은 많은 걸 할 수 있게 하죠."

노형진은 안타깝다는 듯 말했다.

"그 돈은 판사가 받게 될 겁니다."

그 말에 제임스의 얼굴이 굳었다.

그 말뜻을 이해했으니까.

자신이 줄 수 있는 돈에는 한계가 있고, 노형진이 줄 수 있는 돈에는 한계가 없다.

지금 노형진은 하루에 40만 원을 제시했다. 한 달이면 무려 1,200만 원이다.

제임스야 그 돈이 필요 없을지 모르지만 판사도 그럴까?

거기다가 몇 달 더 있을 가능성을 감안해서 한 세 달 치 금액인 3,600만 원을 준다면 필리핀의 특성상 판사에게 뭐든 요구할 수 있을 거다.

그리고 그게 자신 같은 범죄자의 목숨이라면 더더욱 거래하기 쉬울 테고.

그 돈을 주고 사형선고를 내려 달라고 하면 아마 그날로 사형선고가 떨어질 테고, 두에른 정부에서는 항소할 틈도 없이 그를 끌어다가 대가리에 납탄을 박아 버릴 거다.

항소도 살아 있을 때나 할 수 있는 법.

결국 제임스는 거래에 응할 수밖에 없었다.

"좋아. 그렇게 하지."

"감사합니다. 아, 그리고 종종 먹을 만한 게 좀 들어올 겁니다."

"먹을 만한 거?"

"자주는 아닐 테지만 고기라도 좀 넣어 드리죠. 다른 죄수들도 맛볼 수 있게 넉넉하게요."

그 말에 제임스는 자신도 모르게 침을 꿀꺽 삼켰다.

물론 그는 여기서도 고기를 먹을 수 있다. 사실 간수에게 이야기하면 고기뿐만 아니라 술도, 필요하다면 여자까지 반입할 수 있다.

하지만 그걸 반입하는 것과 즐기는 건 전혀 다른 문제다.

술과 여자는 냄새를 피우지 않는다. 그러니 은근슬쩍 혼자 즐기면 그만이다.

하지만 고기는 아니다.

냄새를 피우면 죄수들은 거의 미칠 수밖에 없다.

어느 정도는 힘으로 찍어 누르겠지만 부하 수십 명으로 수천 단위의 죄수를 제압할 수는 없다.

그래서 그가 먹을 수 있는 고기는 밖에서 구워 온 소량의 고기나 삶은 고기 정도였다.

당연히 과거에 자신이 먹던 비싼 고기는 구경도 못 한다.

그런데 죄수들에게까지 돌아갈 정도로 고기를 준다니.

그렇게라도 맛을 보여 주면 죄수들은 자신에게 충성할 테고 자신은 더더욱 안전해질 거다.

"이 인간 거래할 줄 아네? 하하하."

'네놈 때문에 주는 건 아니지만.'

노형진도 고기나 다른 음식까지 제공하고 싶지는 않았다.

하지만 한국 청년들의 체력이 바닥을 찍은 상황이라 체력을 보전하기 위해서는 뭐든 먹을 만한 걸 넣어 줘야 한다.

물론 오래 굶었으니 뭐라도 맛있게 먹겠지만, 체력을 늘리기 위해서는 단백질이 필수다.

"그러면 나중에 뵙죠."

노형진은 인사하면서 밖으로 나왔다.

서세영은 그런 노형진과 함께 걸어 나오면서 물었다.

"오빠, 죄수들한테 너무 잘해 주는 거 아니야? 지출이 너무 큰데."

"사람 목숨은 돈에 비할 수 없어. 그리고 어차피 오래 걸리지는 않을 테니까."

길어 봐야 두 달.

그 안에 해결하지 않으면 그들은 죽을 가능성이 높아진다.

"그러니까 한국에서 제대로 하고 있어야 할 텐데……."

노형진은 그게 걱정이었다.

그 시각, 한국의 고연미 변호사는 노형진의 계획에 따라 외교관들을 대상으로 업무상 배임을 걸었다. 그리고 그 과정에서 당연히 기자들을 불렀다.

그저 그런 흔한 소송이라고 생각하고 찾아왔던 기자들은 그녀의 입에서 흘러나온 뜻밖의 사실을 듣고 관심을 기울였다.

"고 변호사님, 그런데 진짜로 외교관 업무에 자국민 보호 의무가 없나요?"

"규정집과 법전까지 모두 보여 드렸잖아요. 실제로 없습니다."

"와, 이게 이렇게 되네?"

"어쩐지, 해외 대사관이 왜 그렇게 병신 짓을 하나 싶었는데."

다른 나라의 한국 대사관들이 병신 짓 한 게 한두 번이 아니었는데, 그로 인해 한국 국민들은 수십 년간 고통받았다.

"우리가 원하는 건 월권이나 내정간섭을 해 달라는 게 아닙니다. 피해 국민의 소속 국가로서 필요한 일을 해 달라는 거죠."

비상시에 변호사를 선임하는 건 쉬운 일이 아니다. 더군다나 아무것도 모르는 타국 아닌가?

"미국 같은 곳은 애초에 변호사비만 억 단위입니다."

문제가 생겼을 때 그런 큰돈을 갑자기 구할 수도 없거니와 설사 구한다고 해도 말이라도 제대로 하면서 변호사에게 그 돈을 전달할 수 있는 사람이 과연 얼마나 되겠는가?

법률적 문제를 통역할 수 있는 사람의 몸값은 엄청나다.

"대사관에서 그 정도만 지원해 줘도 재판의 양상은 엄청나게 달라집니다."

한국 대사관에서 변호사들과의 제휴를 통해 긴급 시에 변호사를 지원해 주거나 통역 가능한 직원만 보내 줘도 그 도움이 미치는 영향은 이루 말할 수 없다.

설마 그 정도 통역도 못하는 인간이 외교관으로서 대사관에 파견될 리가 없으니까.

"그런데 지금 대한민국 대사관은 아무것도 안 합니다."

변호사도 없고 해결책도 없다.

그 나라 정부에 직접 따지라는 게 아니다.

현재 대한민국의 정책은 한국인이 억울하게 잡혀가면 '간 김에 그 나라 언어나 배워 오세요.' 아니면 '귀찮게 전화하지 마, 씨팔.' 둘 중 하나다.

"하긴, 그건 인정이지."

그나마 언론에서 가루가 되도록 까이고서야 '공정한 재판 부탁드립니다.'라고 적힌 공식 문서 딸랑 하나 보내 주고는 '우리는 최선을 다했습니다.'라고 말한다.

"자기 업무도 하지 못하는 인간이 대사관에 있다는 건 어불성설이죠. 물론 법적으로 보호 의무가 없다지만 업무를 위한 외교부의 강령에는 분명 보호하도록 되어 있습니다."

그러나 필리핀의 대사관 직원들은 누구도 현지에 있는 국민들을 보호하려고 하지 않았다.

"그들은 그러더군요. '새론에서 알아서 하세요.', '우리 소관이 아닙니다.', '이건 새론의 업무입니다.' 우리는 로펌입니다. 국가기관이 아니에요. 그런데 그걸 왜 우리한테 떠넘깁니까?"

그 말에 기자들은 다들 고개를 끄덕거렸다.

사실 기자들이야말로 대사관의 태업으로 인한 피해를 흔히 받는 입장이다.

그도 그럴 것이 해외에 취재하러 자주 나가야 하는데, 때때로 법적인 문제로 고통받기도 하기 때문이다.

"나도 전에 취재하러 나갔다가 일이 생겼는데 사람 병신 취급하더라니까."

그 기자는 취재하러 나갔다가 강도에게 당해서 돈이 한 푼도 없었던 적이 있었다.

그는 다급하게 여기저기 도움을 요청하고자 했다.

하지만 핸드폰도 털리고 여권도 털린 상황에서 도움을 요청할 곳은 없었다.

"일단 대사관에 도움을 요청했지. 그런데 자기들은 해 줄 게 없대."

귀찮다는 듯 손을 흔들면서 자신들은 해 줄 게 없으니 새론으로 가 보라는 말만 하던 대사관 직원들.

"그런데 그게 아니더라고."

나중에 새론의 도움을 받아 입국하고 나서야 그런 비상 상황에 국가에서 여행 경비를 빌려주는 긴급 서비스가 있다는 걸 알았다.

그리고 여권을 분실한 경우에는 해당 대사관에서 긴급 신원 보장을 해 주기도 한다는 사실도 알았다.

하지만 당시 대사관은 어떤 것도 해 주지 않았다. 심지어 안내마저도.

"그 바람에 취재도 못 하고 그냥 돌아왔잖아."

이게 한두 해 문제가 아니었기에 기자들은 수십 년간 문제 삼았지만 외교부는 요지부동이었다.

"하지만 업무는 업무니까."

업무상 배임으로 각 나라의 대사관에 있는 대사관 직원들을 엮어 버리면 그들은 거짓말도 못 하고 책임이 없다는 소리도 못 한다.

"그러니까 이참에 바꿔야 합니다."

그렇게 기자회견을 마친 고연미는 서류를 들고 법원으로 향했다.

그런 고연미의 방문을 받은 재판관은 자신의 귀를 의심했다.

"압류?"

"네, 압류요."

"대사관을?"

"네."

"장난해요? 서류에 오류가 있는 것 같은데요? 대사관이 아니라 외교부겠지요."

소송하기 전에 가압류에 들어간다. 그건 이해한다.

소송 당사자가 필리핀의 외교관들뿐만 아니라 현지 대사관인 것도 이해한다.

이건 누가 봐도 현지 대사관에서 병신 짓을 한 거니까.

하지만 가압류 대상은 이해가 되지 않았다.

"대사관을 왜 압류해요?"

"당연한 거 아닌가요?"

"아니, 거기는 필리핀이잖아요."

남의 나라, 남의 땅. 그곳을 압류할 수는 없다.

설사 압류 대상이 땅이 아닌 그 안에 있는 동산, 즉 물건들이라고 해도 말이다.

"한국이 아닌 필리핀에 있는데 거기에 압류를 어떻게 걸어요?"

그건 불법이다.

설사 그런 결정을 한다고 해도 필리핀 정부가 용납할 리가 없다.

"거긴 한국입니다."

"뭐라고요?"

"한국이라고 말씀드렸습니다."

"아니, 거기가 왜 한국이에요?"

"대사관 아닙니까? 국제법상 대사관은 그 나라의 영토로 판단합니다."

"그거야…… 그러네?"

고연미의 날카로운 지적에 판사는 아무런 말도 할 수 없었다. 실제로 그러니까.

대사관은 그 나라의 영토로 간주된다.

그러니까 대사관이 위치한 나라에서도 쉽게 못 들어간다.

아무리 독재국가라고 해도 그럴 수는 없다.

실제로 혁명이나 쿠데타가 터지는 나라도 남의 대사관에는 들어가지 못한다. 그건 침략 행위가 되기 때문이다.

물론 그런 경우 안전을 위해 해당 대사관의 직원을 빼기는 하지만, 그건 어디까지나 안전 문제이지 두 나라의 국교 관계가 존재하는 한 대사관이 그 나라의 영토로 간주되는 것은 절대로 부정할 수 없다.

그걸 부정한다는 것은 사실상 그 나라의 국가 제도가 무너지는 상황에서나 벌어지는 일이다.

그것도 적대 국가로 바뀔 때 말이다.

"그러니까 법적으로는 문제가 없는데요."

"어, 음…….."

분명 대사관은 치외법권이다. 하지만 그건 어디까지나 필리핀 입장에서나 그렇다.

국제법상 한국의 영토로 판단되는 대사관인 만큼, 한국의 가압류가 불가능한 건 아니다.

더군다나 대한민국은 확고한 속인주의 국가다.

즉, 해외에서 합법이라고 해도 한국에서는 불법이고 그걸 행한 사람이 한국인이라면 한국 법에 따라 처벌한다는 소리다.

예를 들어 대마초가 합법인 나라에서 마약을 피우고 와도 그가 한국인이기에 한국 법에 따라 처벌된다.

그리고 논리적으로 본다면 대사관 역시 한국의 영토인 만큼 한국의 법의 영역 안에 들어가 있다.

물론 이런 일은 처음 있는 일이고 그곳을 가압류하러 해외로 나가는 건 전혀 다른 문제이기 때문에 단 한 번도 생각해 보지 못한 것이지만 말이다.

"비용은 저희 새론에서 제공하겠습니다. 그러면 문제없죠?"

"끄응…….."

판사는 고연미의 말에 머리가 터질 것만 같았다.

대한민국 정부, "국민의 보호 의무 없다"
재외 국민은 대한민국 정부의 보호 대상이 아니다

노형진은 인터넷에 올라오는 뉴스를 보면서 혀를 끌끌 찼다.

"하여간 기레기 놈들 실력은 알아줘야 해."

"누가 보면 정부에서 국민들을 죄다 팔아먹은 줄 알겠네."

"그러니까. 그런데 또 이게 틀린 말은 아니니까 법에는 걸리지 않는 거지."

"뭐, 기레기들이야 그렇다 쳐도 외교부 장관이라는 새끼는 뭐야?"

"어허! 새끼라니. 좋은 말!"

"오빠, 내가 무슨 다섯 살 먹은 아기도 아니고, 그리고 솔직히 이 정도면 엄청 예의 차린 것 같은데?"

"하긴, 이 정도면 새끼보다는 쌍놈의 호래자식이라고 불러도 인정이기는 하지."

외교부 장관은 갑작스러운 소송에 외교부의 재외 국민 보호 의무가 없다는 부분과 관련해 문제가 터지자 실수를 저지르고 말았다.

"이럴 때는 대책을 강구하겠다고 말해야 하는데 말이지."

불행히도 외교부 장관은 대책을 강구한다는 말 대신에 '법적으로 없는 의무를 할 정도로 대한민국 외교부는 한가한 조직이 아니다.'라는 헛소리를 지껄였다.

그러니까 '내가 바빠서 국민 보호 업무를 할 시간이 없다. 우리는 그럴 의무도, 예산도 없다.'라고 뻥친 거다.

"지랄을 한다, 아주."

물론 파티가 영사의 중요한 업무 중 하나인 건 안다. 그래야 사회적인 관계를 만들 수 있으니까.

하지만 파티를 열고 거기서 술 처마실 돈은 있어도 자국민을 보호할 돈은 없다는 식의 발언은 사람들의 분노를 일으키기에 충분했다.

"뇌를 우동 사리랑 바꿔 먹었나?"

"어쩔 수 없지. 너도 알잖아, 3대 고시가 얼마나 사람의 선민의식을 자극하는지."

"하긴, 그건 알지."

3대 고시. 행정 고시와 외무 고시 그리고 사법 고시.

그중에서 외무 고시는 외교관 후보자 선발 시험으로 바뀌었고, 사법 고시는 로스쿨과 변호사 시험으로 바뀌었다.

하지만 그럼에도 여전히 바뀌지 않은 게 있었으니, 그 3대 고시를 통과한 사람들이 가지는 어마어마한 선민의식이다.

"그 시험 통과한 새끼들은 하나같이 자기가 무슨 귀족인 줄 안다니까."

그러니 저런 말을 마음대로 할 수 있는 거다.

'내가 귀족'이니까.

'바쁜 내가 천민인 국민을 보호할 시간을 내는 것은 시간 낭비다.'라는 말 말이다.

"저건 진심일걸."

"그렇겠지. 그러니까 국민들도 이 난리인 거고."

인터넷의 여론은 불타다 못해 당장이라도 외교관들을 때려죽이겠다고 길길이 날뛰고 있었다.

—아이고, 감사해라. 우리 같은 천민은 알아서 살아라 이거지?

—이게 나라냐?

—살다 살다 자국민 보호 의무가 없다는 나라는 또 처음 보네?

—우리 대한민국 국민이 아니라 북조선 인민공화국 국민인가?

—위엣분 잘못 아셨네요. 법적으로 대한민국은 한반도와 그 부속 영토입니다. 법적으로 아직 북한도 우리 영토 맞아요. 그러니까 북한 국민도 보호 대상입니다.

—한국은 짐승도 동물 보호법으로 보호받지 않나?

—우리는 그러면 동물만도 못한 아메바 같은 존재인가?

—미천한 아메바가 천룡인 외교부 장관님께 인사드립니다.

빈정거림 그리고 조롱과 분노.

사람들은 그 모든 것을 토해 내고 있었다.

"가관이다, 진짜."

"웃긴 거지. 내가 말했잖아, 너무 당연한 거라 안 넣었을 거라고."

상식적으로 어떤 정치인이 국가에 국민을 보호할 의무가 없다고 생각하겠는가?

너무 당연해서 법적으로 보호 규정을 넣지 않은 것뿐인데 외교부는 그걸 곡해해서 지금까지 '우리에게는 보호 의무가 없으니 알아서들 살아남으세요.'를 시전해 왔던 것이다.

"아주 똥줄이 바짝바짝 타는 모양이기는 하네."

"오, 연미 언니한테서 전화 왔다."

노형진이 뉴스를 보는 사이, 고연미 변호사로부터 전화가 왔다.

서세영은 재빨리 그 전화를 스피커폰으로 전환해 받았다.

"네, 언니."

－통화 가능해? 노 변호사님 옆에 계셔?

"듣고 있습니다."

－아, 지금 막 법원에서 연락이 왔어요. 대사관에 대한 가압류가 승인되었대요.

"그걸 통과시켰어요?"

아무리 그래도 외교부다. 거기다가 해외 지점이다.

사실 가압류라고 해서 신청하는 대로 다 통과되지는 않는다.

상대방의 자산을 묶어 두지 않으면 돈을 받을 방법이 없다고 판단될 때나 통과되지, 상대방이 거대 기업이나 국가라면 그럴 가능성이 높지 않기 때문에 종종 허가가 되지 않기도 한다.

─그래. 아무래도 법원에서도 심각하게 받아들였나 봐.

"그럴 겁니다. 이 정도로 이슈가 되어 버리면 아무리 같은 국가기관이라고 해도 실드를 못 쳐 주거든요. 이건 애초에 헌법 위반이니까요."

─맞아요.

대한민국 헌법 2조 2항에는 '국가는 법률이 정하는 바에 의하여 재외 국민을 보호할 의무를 진다.'라고 명시되어 있다.

하지만 외교부는 이 부분에서 '법률에 정한 바에 의하여'라는 부분을 핑계 삼아 움직이지 않았던 거다.

실제로 법률에 정해진 바에 따라 재외 국민을 보호하도록 되어 있는데 대한민국이 건국되고도 수십 년이 지나도록 정작 그 법률이 없었기 때문이다.

'원래대로라면 재외 국민 보호를 위한 영사 조력법이 만들어졌어야 했는데 말이지.'

노형진이 이번 사건을 키우기로 마음먹은 이유 중 하나가 바로 그거였다.

원래 역사대로라면 2019년에 그 법이 만들어지고 공표된 뒤 2021년에 효력을 발휘해야 한다.

하지만 정치적 혼란 때문인 건지 아니면 역사가 뒤틀린 건지, 그 법은 만들어지지 않았다.

'그때도 가관이었는데.'

그 당시에 외교관이라는 작자들은 전 세계에 이딴 악법은 없다고 주장하기도 했다.

실제로 그런 유의 법을 가진 나라는 극소수에 지나지 않는다.

이유인즉슨 그 나라가 국민을 보호하지 않아서가 아니라 너무나도 당연한 거라 법으로 만들 필요가 없기 때문이다.

그러나 대한민국 외교부가 법을 핑계로 제대로 일하지 않으니 어쩔 수 없이 법까지 만들어야 했던 것뿐이다.

-일단 법원에서도 이 문제를 심각하게 받아들이니까 어렵지 않게 이길 것 같아요. 말씀하신 대로 처리 지침이 있어서 업무상 배임·문제는 없으니까요.

"다행이군요."

-다만 실제 가압류는 힘들지 싶어요.

"이미 예상한 일입니다."

비록 가압류 허가가 났다지만 애초에 해외 자산의 가압류는 역사에 없던 일이다.

정확하게는, 해외 자산에 대한 가압류는 그 나라의 권한이다.

문제는, 대사관은 국제법상 대한민국의 영토이기 때문에 그 나라에서 가압류할 수가 없다는 것.

즉, 여기서 가압류 결정이 나왔다고 해도 결국 가압류를 하기 위해서는 법적으로 한국에서 압류관이 가야 한다.

압류나 가압류는 법에서 정한 신분의 사람만이 가능하니까.

문제는 그들의 월급은 정부에서 주는 거고, 가압류 비용으로 책정된 부분에 관해서는 별도로 정부에 납부해야 한다는 거다.

그런데 다른 나라도 아닌 필리핀에 있는 대한민국 대사관이다.

그렇다 보니 교통비가 엄청나게 나오는데, 이 가압류라는 과정상 교통비가 책정되어 있지 않아서 그 비용 문제가 묘해진다.

"그거 말고 다른 문제도 있습니다. 어찌 되었건 해외의 공식 업무니까요."

─하긴, 그것도 그러네요.

대사관이 한국 영토이기는 하지만 동시에 타국 내에 있는 영토다.

즉, 가압류 절차를 진행하기 위해서는 필리핀 정부의 허가를 받아서 입국해야 한다는 거다. 해당 영토로 진입하는 과정이 필요하니까.

모든 공적인 업무는 상대방 국가의 동의 없이는 할 수가 없다. 그건 국제법상 불법이다.

─필리핀에 허가를 요청하기는 했지만 나올지조차도 모르겠어요.

법률이라는 게 생기고 처음 있는 일이니 필리핀 정부도 혼란스러울 거다.

"뭐, 진짜로 가압류할 건 아니었으니까요."

노형진이 가압류 이야기를 꺼낸 건 그걸 통해 돈을 받아 내려는 게 아니라 그걸 통해 언론의 이슈를 타기 위해서였다.

그리고 실제로 그게 성공해서, 대한민국의 언론에서는 외교부의 업무 방임과 더불어 대사관 가압류라는 초유의 사태에 신나게 두들기고 있는 상황.

─이쪽에서는 더 이상 할 수 있는 게 없는 것 같은데, 그쪽에서는 어쩌실 거예요?

"일단은 이쪽 대사가 움직이는 걸 봐야지요."

이 지랄이 났는데 주필리핀 한국 대사가 여전히 술 처마시고 있지는 않을 거다.

"그러니까 기다려 보자고요."

노형진은 대사관에서 움직이는 걸 본 후에 이쪽에서 문제를 해결할 생각이었다.

일을 해 봤어야 알지

노형진의 예상대로였다.

외교부가 한국에서 신나게 두들겨 맞고 심지어 월급까지 압류되자 외교 영사는 다급하게 움직이기 시작했다.

'아니, 애초부터 빨리 움직이든가.'

고연미에게는 '나는 아무 의무도 없으니까 전화하지 마세요.'라고 말했던 놈이 이제는 다급하게 달려와서 열심히 일하는 척한다.

"저희가 최선을 다하고 있습니다."

노형진이 대사관으로 찾아가지 않자 직접 찾아온 수모린 주필리핀 한국 대사는 진땀을 흘리며 말했다.

'씨팔, 이게 뭔 지랄 같은……'

평소와 똑같은 일이었다.

병신 같은 놈들이 셋업 범죄에 얽혀 버렸는데, 대한민국 정부에는 그들을 도와줄 법적 의무가 없기에 그냥 새론으로 떠넘겨 버렸다.

그런데 설마 그 행동이 이런 핵폭탄으로 돌아올 줄은 꿈에도 생각하지 못했다.

"그래서 어떻게 최선을 다하고 계십니까?"

"네?"

노형진은 그런 수모린에게 싱글벙글 웃으며 물었다.

"그러니까 어떻게 최선을 다하고 있느냐고요."

"그거야……."

수모린은 혼란스러운 눈빛으로 말끝을 흐렸다.

노형진은 그 모습을 보며 속으로 그를 비웃었다.

'그러겠지. 뭘 해야 할지도 모르는데 무슨 최선을 다해? 지랄하고 자빠졌네.'

농담이 아니다.

지금까지 단 한 번도 국민을 위해 뭔가 해 본 적이 없는 사람이 이런 상황에서 해야 할 일이 뭔지 알기나 하겠는가?

'누굴 무슨 붕어 대가리로 아나?'

외교부의 '최선을 다한다.'라는 의미는 '일단 공식 서류 하나 보내 보고 반응하면 좋고, 안 하면 어쩔 수 없지.'라는 뜻이었다.

그건 지금도 마찬가지.

자기 월급이 피해자에게 가압류당했다고 해도 그걸 해결하기 위해 뭘 해야 하는지는 아는 바가 없을 것이다.

"최선을 다하셨다고 들었습니다. 어떤 절차가 이루어졌는지 여쭤봐도 될까요?"

나름 정중한 말이지만 그 뜻은 명확했다.

'일단 뭘 했는지 떠들어 봐.'

"에, 일단은, 필리핀 정부에 최대한 빠른 시일 내에 재판을 진행해 달라고 요구했고 동시에, 에…… 그 공정한 재판을……."

"그러니까 최소 1년 6개월은 구치소에 있어라?"

"네? 뭐, 그렇게 오래 걸릴 것까지야……."

그 모습을 옆에서 보고 있던 서세영이 노형진에게 속삭였다.

"지랄났네, 아주."

"완전 동감이다."

최선을 다했다는 주필리핀 한국 대사라는 인간이 현지의 재판 상황이나 진행 상황도 전혀 모르고 있으니 제대로 일이 진행되었을 리가 없다.

"지금은 생각보다 상황이 안 좋습니다, 대사님."

노형진은 그런 수모린에게 현재의 상황에 대해 차분하게 설명해 줬고, 그런 상황을 전혀 모르고 있던 수모린은 얼굴이 사색이 되었다.

"그 정도입니까?"

"네. 그리고 한국 정부에서 과거에 현 대통령인 두에른의 최측근을 처벌해 달라고 요구했기 때문에 보복 차원에서라도 빠르게 재판을 진행해 주지 않을 겁니다."

"네? 그러면……."

당연히 재판일은 차일피일 미뤄질 테고 그사이 네 사람은 아마 죽을 거다.

운이 좋아 목숨을 부지하더라도 한 2년쯤 지난 후에 한국으로 돌아갈 때는 폐인이 되어 있을 테고.

"그러면 어떻게 해야 합니까?"

"아니, 그걸 왜 저한테 물어보십니까? 이건 외교관이 해야 하는 업무입니다."

자국민을 보호하는 업무는 새론의 업무가 아니라 외교부와 외교관이 해야 하는 업무다.

그런데 방법을 몰라서 되묻는 꼴에 노형진은 기가 차서 말이 안 나왔다.

'지금까지 얼마나 신경도 안 썼으면.'

그러니 정작 일을 해야 하는 상황에 일을 못하는 거다.

"고견을 부탁드립니다."

그 말에 노형진은 고개를 절레절레 흔들었다.

처음에는 이 정도 일이 커지면 알아서 할까 싶어서 맡겨

뒀는데 지금 하는 꼴을 보니 직접 나서도 일을 못해서 의뢰인들이 죽을 판국이다.

"일단은 한국 정부를 대신해서 그 연놈들을 셋업 혐의로 고발해야지요."

"연놈들?"

"자칭 강간 피해자들과, 그 피해자들을 잡아간 경찰 말입니다."

정황증거만 보면 누가 봐도 이건 셋업 범죄다. 그런 만큼 제대로 된 조사가 이루어져야 한다.

만약 그 과정에서 그들이 셋업 범죄를 저질렀다는 증거가 나온다면 이쪽은 무죄로 풀려나게 된다.

"알겠습니다. 바로 고발하겠습니다. 또……."

"또라니요?"

"저희가 할 거 말입니다."

'하느님 맙소사.'

아예 생각을 할 생각조차 없어 보이는 그 모습에 노형진은 속으로 탄식했다.

"일단은 말이죠, 필리핀 정부 관료들과 만나서 이야기를 나누고 최소한 불구속 수사라도 받게 해 주세요."

"네."

"한국 정부가 적극적으로 행동하면 아무리 필리핀 정부라고 해도 그냥 막 나가지는 못합니다."

아무리 친중 정권이라 해도 국가 간의 문제가 되어 버리면 한국과 단교하려는 목적이 아닌 이상 그들도 조심할 수밖에 없다.

그들을 붙잡고 있다고 중국과 더 친해지는 것도 아니니까 말이다.

"최선을 다하겠습니다."

그 말에 노형진은 속으로 쓴웃음이 나왔다.

'최선은 내가 다해야겠습니다.'

"일단 호텔로 방을 옮겼습니다. 노 변호사님 말씀대로네요."

한국 정부가 나서서 적극적으로 움직이고 한국 언론이 하루 종일 이 문제에 대해 떠들어 대자, 필리핀 정부는 상당히 부담스러운 듯 바로 구속 수사에서 불구속 수사로 바꿔 버렸다.

"그럴 거라 생각했습니다. 자존심 문제로 삼기에는 너무 위험하거든요."

한국은 필리핀과 가능하면 좋은 관계를 유지하기 위해 오랜 시간을 노력해 왔다.

필리핀 역시 친중 친일 노선으로 가고 있긴 해도 한국과 척지고 싶어 하지는 않았다.

"이런 상황에서 일이 커진 걸 계속 붙잡고 있으면 결국 이미지만 안 좋아지니까요."

더군다나 두에른 스스로도 중국산 백신이 아무런 효과도 없다는 걸 슬슬 느끼고 있을 거다.

당연하게도 다음에 받을 백신은 마이스터의 백신뿐인데, 그건 한국이 주요 생산국인지라 마냥 척질 수는 없다 생각할 것이다.

"그런데 오빠, 진짜로 필리핀에 있는 새론 지점을 빼려고 하는 건 아니지?"

"응? 아, 그건 아니야."

노형진은 그들의 행동에 질리면서도 나름의 방식대로 압박을 가했다.

그건 다름 아닌 필리핀의 치안 문제로 인해 새론 필리핀 지점을 빼는 걸 감안해야 한다는 소문을 낸 거다.

"그런데 왜 그런 소문을 내신 겁니까?"

아미한은 이해가 되지 않는다는 듯 물었다.

이번 사건과 새론은 전혀 관련이 없어 보였으니까.

"간단합니다. 지금 외교부와 주필리핀 한국 대사관은 가루가 되도록 까이고 있습니다."

"그렇죠."

"그리고 이번 사건도 한국에서 소문이 파다하게 났죠."

"그렇죠?"

"그 상황에서 최후의 보루인 새론마저 위험하다고 빠지

면, 필리핀은 어떻게 될까요?"

"딱히 별일은 없을 텐데요."

"정치적인 게 아니라 금전적으로 말입니다. 현재 필리핀에 관광하러 오는 나라는 극도로 제한적입니다."

마이스터 백신을 충분히 공급받는 일부 나라들만 입국이 가능하고, 그마저도 혹시나 하는 마음에 다들 꺼리는 상황이다.

그런 상황에서 한국 국민들이 공포감에 입국하지 않게 되면 그렇잖아도 불안한 필리핀의 정국은 더더욱 개판이 될 가능성이 크다.

더군다나 여전히 필리핀은 방역용품의 대다수를 한국, 아니 마이스터에 의지하고 있는 상황.

마이스터와 아주 밀접한 새론이 빠져나간다고 할 정도라면 마이스터도 손 털겠다고 나설지도 모른다는 생각에 서둘러서 사건을 정리하기로 한 거다.

"물론 그렇다고 해서 모든 게 끝난 건 아니지만."

"그렇잖아도 그렇습니다. 솔직히 여전히 재판 중이긴 하지만……."

아미한은 걱정스럽게 말했다.

"제가 최선을 다해서 변론하겠지만 상황은 좋지 않습니다."

이런 행동을 했다고 이긴다는 확신을 줄 수는 없다.

하지만 필리핀의 재판부가 중립적으로 재판하게끔 유도할 수는 있다.

문제는, 중립적이라고 할지라도 결국 저들이 강간으로 고발된 건 사실이고 사법 체계의 특성상 자국민 보호가 우선된다는 것이다.

"가장 큰 문제는 지금 피해자들에게 정신착란 증세가 있다는 겁니다."

"정신착란요?"

"이게 상황이 심각합니다."

외교부에서 버림받고 감옥에 있는 사이, 피해자들은 매일같이 교도소에서 두들겨 맞고 가진 걸 빼앗겼다.

생존의 위협을 받은 그들은 불안감에 잠조차 잘 수가 없었다.

"심지어 몇 번이나 강간당할 뻔했다고 하더군요."

"강간 말입니까?"

"네. 교도소잖습니까?"

동성 강간이 종종 일어나는 교도소에서 상대적으로 하얀 피부를 가진 한국인들은 관심의 대상이 되는데, 실제로 강간 시도도 있었다고.

"그나마 다행인 게 네 사람이 친구라 개싸움을 해서 막았다고는 하더군요."

그래서 강간은 당하지 않았지만 그 자체로도 그들에게는 큰 충격이었던 것.

그나마 노형진 덕분에 제임스에게 보호받으면서 그런 문제들이 해결되었지만, 그렇다고 해서 그들의 상태가 완전히 나아지지는 않았다.

트라우마라는 건 생각보다 오래가니까.

"일단 그것 때문에 때때로 횡설수설합니다."

"끄응."

그 말에 노형진은 심각한 얼굴이 되었다.

그럴 수밖에 없는 게 재판에서, 특히 이렇게 증거가 없는 재판에서 핵심적인 요소는 일관된 진술이다.

그런데 이쪽은 정신착란을 일으키는 상황에서 저쪽은 일관된 진술을 한다? 그러면 불리해지는 건 이쪽이다.

"정신이상을 주장할 수는 없는 거야?"

"그건 절대로 안 돼."

그랬다가는 이쪽에 죄가 있어서 처벌을 피하기 위해 정신이상을 주장한다고 생각할 가능성이 크다.

그리고 그건 저쪽에게 유죄의 심증을 굳히게 될 가능성이 높아진다는 뜻이기도 하다.

"그러면 저쪽 검찰은 어떻게 하겠어? 처벌을 면할 목적으로 정신이상을 주장한다고 이야기할 거 아니야?"

"아, 그건 그러겠네."

"이쪽에서는 무조건 무죄를 주장해야 해."

문제는 그 근거가 없다는 거다. CCTV도, 증인도, 증거도 없다.

"경찰 놈들은 절대로 사실을 말하지 않을 테고."

고민하던 노형진은 문득 드는 생각이 있었다.

"혹시 그 사건 기록 있습니까?"

"네. 하지만 한국어로 번역된 건 없는데요."

"혹시 번역해서 가져다주실 수 있습니까?"

"시간이 좀 걸릴 텐데요?"

"굳이 꼼꼼하게 하실 필요는 없습니다. 자동번역기로 대충 상황만 파악할 수 있으면 됩니다."

"그거야 어렵지 않지요. 바로 해서 보내라고 하겠습니다."

아미한은 바로 회사에 전화해서 서류를 자동번역기로 번역해 보내라고 했다.

아미한에게서 번역된 서류를 건네받은 노형진은 그걸 한참을 읽었다.

중간중간 오역이나 번역되지 않은 내용이 없지는 않았지만 노형진이 원하는 정보 자체는 그 안에 충분히 다 포함되어 있었다.

"어쩌면 방법이 있을지도 모르겠는데."

"이 상황에서?"

노형진의 말을 들은 서세영이 놀라워하며 그를 쳐다보았다.

고개를 끄덕인 노형진은 보고 있던 서류의 한 부분을 손가락으로 짚었다.

"응. 이 기록을 보면 확실히 특이한 게 있거든."

"특이한 거?"

"그래. 셋업 범죄를 저지를 때 이놈들의 행동이 너무 능숙해."

"그거야 당연한 거잖아? 그걸 수사하는 게 경찰인데."

"아니, 그게 아니야."

사건 기록에 따르면 네 명의 한국인 피해자들은 완전히 랜덤하게 예약하고 들어갔다.

당시 그들은 그곳에서 마사지를 하는 안마사가 두 명뿐이라고 안내받았기에 순서대로 들어갔으며, 남은 두 명이 마사지를 받고 나오는 순간 경찰이 들이닥쳤다.

"이상하지 않아?"

"뭐가?"

"이렇게 정확한 시간에 들이닥쳤다는 거 말이야. 두 명이나 대기실에서 기다리고 있었는데 그 시간을 정확하게 피했잖아."

"그게 이상한 일이야?"

"이상한 일이지. 마사지가 얼마나 오래 걸리는데."

물론 소위 말하는 코스에 따라 달라지겠지만 아무리 짧게 잡아도 한 시간이다. 그런데 그걸 두 번에 걸쳐 받았으니 두 시간이 걸린 것이다.

"그런데 그 시간에 딱 맞춰서 들이닥쳤다고? 그러면 끝나는 시간에 맞춰서 들어갔다는 거잖아."

"그렇지?"

"그렇다면 그 시간을 어떻게 알았을까?"

"신고했겠지요."

노형진의 말에 아미한이 당연하다는 듯 말했다.

"나와서 전화하면 충분히 들이닥칠 만한 시간을 벌 수 있습니다. 그리고 마사지가 끝나고 나와서 전화한 거라면 모를 수도 있죠."

그 말에 노형진은 고개를 흔들었다.

"그 말이 아닙니다. 제가 말씀드리고 싶은 건 '기다렸다는 듯이' 들어왔다는 겁니다."

"네?"

"마사지가 끝나자마자 들어왔죠. 계산한 뒤가 아니라."

"그랬죠."

정확하게는, 마사지가 끝나고 계산하기 직전에 들어왔다.

"그리고 그건 중요한 겁니다."

왜냐하면 계산을 했다면 그게 무죄의 증거가 되었을 테니까.

세상의 그 어떤 강간범도 강간 후에 계산을 하지는 않는다.

"우연일까요?"

"네?"

"우연히 출동했는데 그 시간에 맞춰서 들어온 걸까요? 그런데 그 말대로라면, 출동한 시간은 마사지가 이루어지고 있던 시간일 텐데요?"

노형진의 질문에 곰곰이 생각하던 서세영이 입을 열었다.

"마사지 중간에 전화해서 온 거 아니야? 그때 외에는 불가능하잖아."

"그렇지. 그러니까 그 부분이 이상하다는 거야."

마사지 중간에 전화할 수는 있다.

마사지를 받은 사람이 네 명이나 되기는 하지만 그들은 필리핀에서 쓰는 언어에 대해 잘 모르니까.

필리핀은 영어와 타갈로그어를 쓰는데, 영어는 그나마 알아듣는다 해도 타갈로그어는 현실적으로 일반적인 관광객이 알아듣기가 거의 불가능하다.

왜냐하면 타갈로그어는 한국어처럼 필리핀에서만 쓰이는 언어이기 때문이다.

즉, 전문적으로 타갈로그어를 배운 사람이 아니라면 알아듣기가 힘들다.

"그러니까 타갈로그어로 통화하면 알아들을 수는 없죠."

타갈로그어로 통화하면 한국인 입장에서는 이 사람들이 친구와 수다를 떠는지, 아니면 강간 신고를 하는지 알 수가 없다.

그러니 마사지가 끝나고 마사지실 밖에서 기다리고 있던 친구들 입장에서는 딱히 말릴 이유도 없다.

"제 말이 그겁니다. 그렇게 전화했다는 거요. 진짜로 강간이 이루어졌다면 그런 식으로 신고가 가능하겠습니까?"

"어? 아하! 그렇군요."

상식적으로 강간하는 와중에 어떤 강간범이 친절하게 전

화기를 주면서 '신고하세요.'라고 할까?

그리고 어떤 강간범이 신고한 뒤 경찰이 올 때까지 느긋하게 기다리고 있겠는가?

"마사지를 하는 도중이라면 가능하지만, 강간이라면 불가능한 일이죠. 아마도 잠깐 전화받겠다고 둘러대고 나가서 전화를 했을 겁니다."

마사지를 받는 사람마다 다르겠지만 잠깐 전화받는 것까지 뭐라고 하는 사람은 그다지 없다.

"그러네요."

즉, 누군가가 잠깐 통화하는 척 부패한 경찰에게 연락을 주면 경찰이 출동해서 타이밍에 맞춰서 들어갈 틈을 노린다는 거다.

"일찍 들어가지는 못할 겁니다."

마사지가 끝난 순간에 들어가야 강간이라는 죄목을 뒤집어씌울 수 있으니까.

"어, 그러면? 경찰의 도착 타이밍이 너무 절묘했다는 거네?"

"절묘한 거라기보다는 기다렸다는 쪽이 더 맞지 않나?"

"기다렸다고요?"

"네."

노형진은 곰곰이 생각하면서 말했다.

"상식적으로 말입니다. 경찰은 사건 현장에 도착하면 보통은 바로 들어갑니다. 그렇지요?"

"네."

"그런데 아직 타이밍을 못 잡았다면 그 타이밍을 잡기 위해 주변을 배회할 겁니다."

노형진의 말에 아미한은 탄성을 내질렀다.

"아! 그럼 출동 시간과 주변을 확인하면 되겠군요!"

그렇게 배회했다면 주변에서 그들을 봤을 가능성이 크다.

그러니 경찰이 출동한 시간과 가게에 도착하기까지 걸린 시간을 비교하고 그들을 조사하면, 경찰이 출동한 후에도 바로 들어가지 않고 기다렸다는 증거가 되리라.

그리고 그 자체가 그들의 출동이 셋업 범죄라는 가장 명확한 증거가 될 거다.

"이상한 게 하나 더 있습니다."

"또 있다고?"

"이걸 봐. 진술서에 따르면 피해자들은 계산하려고 카운터 앞에 서 있고 여자가 카운터 안에 있었는데 경찰이 들이닥쳤다고 되어 있어."

"응."

"그러면 다른 한 명은 어디에 있었지?"

안에서 쉬고 있었다? 그렇게 볼 수는 없다.

경찰의 진술에 따르면 두 여자가 현장에서 바로 고발했다고 했고, 실제로 피해자 쪽의 이야기도 여자들이 갑자기 자신들을 보면서 울고불고 난리를 쳤다고 했다.

"그 말은 갑자기 나타나서 강간이라는 고발에 적극적으로 나섰다는 거지. 어디서?"

사라졌다가 갑자기 나타나서 고발한다? 확실히 이상하기는 하다.

"아마 내 생각에는 그 여자가 경찰을 데리고 오는 역할을 한 게 아닐까 싶은데?"

한 사람은 계산하는 척하면서 카운터에서 시간을 끌고, 나머지 한 명이 밖으로 나가서 경찰을 데리고 왔을 거다.

"확실히 그럴 가능성이 높네요."

"그렇게 하면 확실히 타이밍을 맞출 수 있으니까."

그랬다면 충분히 가능한 일이다.

모든 퍼즐이 맞춰지자, 아미한이 한결 밝아진 얼굴로 말했다.

"그럼 저는 그쪽으로 파고들겠습니다."

"우리는 한국에 가서 다른 쪽으로 파고들겠습니다."

"다른 쪽? 한국에서 할 게 있나?"

"있지. 이미 한국에서 이 사건은 엄청 유명해졌어. 그리고 이들의 행동을 보면 너무 능숙하단 말이지. 마치 한두 번 호흡을 맞춰 본 게 아닌 것처럼."

만일 처음 이런 일을 해 봤다면 절대로 이런 식으로 자연스럽게, 그리고 확실하게 함정을 파지는 못했을 거다.

"다른 피해자가 있을 거라고 생각해?"

"그래. 너도 이번에 봐서 알겠지만 어쭙잖게 아니라고 하느니 차라리 돈 좀 쥐여 주고 벗어나는 게 낫거든."

한 500만 원 정도는 진짜 똥 밟았다고 생각하고 던져 주고 다시는 필리핀에 가지 않는 게 낫지, 진짜 필리핀 구치소에 들어가면 답이 없기 때문이다.

당장 지금만 봐도 잠깐 들어간 사이 정신착란까지 오는 곳인데 그곳에서 한국 대사관의 도움도 없이 얼마나 버틸 수 있겠는가?

"더군다나 이참에 확실하게 정리하고 넘어가기는 해야 하고."

"응? 어째서?"

"필리핀 셋업 범죄자들에게 있어서 한국은 호구 중에 상호구거든."

뭘 해도 나라에서 도와주지 않는다.

중국이든 미국이든 러시아든 일본이든 그 어떤 나라든 간에 자국민이 셋업 범죄에 엮이면 대사관을 통해 총력을 다해서 도와주려 한다.

오로지 단 한 나라, 한국만이 셋업 범죄에 엮인 국민에게 '네가 알아서 하세요.'라고 한다.

그러니 노릴 거라면 쉽고 빠르고 안전하며 돈도 많은 한국인을 노리는 게 당연하다.

다른 나라는 국가 차원에서 셋업 범죄에 대한 조사 요청을 하지만 한국은 그런 일이 전혀 없으니까.

"오죽하면 마사랍 코리안이라는 말이 있을 정도니까."

"마사랍 코리안? 그게 뭔데?"

"맛있는 한국인이라는 뜻이야."

뭔 짓을 저질러도, 심지어 때려죽여도 후환이 없는 한국인.

그런데 심지어 부자라서 한번 털면 돈이 제법 떨어진다.

관광객을 상대로 셋업 범죄를 저지르거나 납치해서 돈을 뜯어내면 수천만 원을 쉽게 벌 수 있는데, 한국 외교부는 그 사실을 빤히 알면서도 무조건 '알아서 해결하세요.'라는 말만 반복한다.

"지독하네."

얼마나 방치했으면 범죄자들 사이에서 한국인이 맛있는 먹잇감이라는 소리가 나오겠는가?

"지금까지 한국에 셋업 범죄 피해자가 몇 명일까? 수백? 수천?"

한국은 필리핀의 최대 관광국 중 하나다. 그것도 수십 년 동안 말이다.

그 기간을 생각하면 아마도 피해자는 만 단위를 훌쩍 넘을 거다.

"그걸 공개적으로 물고 늘어져야 필리핀 정부도 함부로 셋업 범죄와 관련해서 자국 경찰 편을 못 들어 줘."

그리고 기왕 공개적으로 해결하려 하는 거라면, 그래서 공론화시킬 거라면 지금이 기회다.

아마도 외교부의 무능과 엮여서 한꺼번에 문제가 터질 테니까.

"무슨 소리인지 알 것 같네."

서세영은 고개를 끄덕거렸다.

"그리고 그중에는 이놈들에게 당한 사람들도 있겠지."

주소와 위치를 공개하면 그만이니까.

다른 나라 범죄자의 개인 정보 보호? 알 게 뭔가?

더군다나 그들의 이름이나 얼굴도 아닌 위치와 건물 사진 같은 건 개인 정보도 아니다.

"일단 한국에 가서 뭐든 털어 보자고."

노형진은 그곳에서 뭐라도 나오길 기대했다.

⚖️

노형진은 바로 한국으로 돌아와서 해당 사실을 파고들었다.

물론 개개인을 찾아다니는 건 불가능하기에 셋업 범죄 신고 사이트를 만들었다.

홍보는 어렵지 않았다. 셋업 범죄로 인해 나라가 발칵 뒤집어진 상황이라 알아서 홍보가 되었으니까.

그리고 해당 셋업 범죄 사이트를 개설하고 얼마 지나지 않아 실제로 엄청난 숫자의 셋업 범죄 제보가 들어왔다.

"와, 족히 3만 건은 넘겠는데?"

"역시나 그런가?"

하긴, 이 셋업 범죄가 생긴 지가 벌써 20년이 넘었다.

아니, 더 오래되었을 거다.

과거에는 몰라서 당했고 지금은 알아도 외교부가 모른 척 해서 당해 왔으니, 그 피해가 적지 않을 거다.

"그런데 왜 죄다 필리핀이야?"

서세영은 이해가 되지 않는다는 듯 고개를 갸웃했다.

사실 동남아 국가는 많고 그 나라들 대부분은 한국인에게 인기가 많다.

그런데 들어온 사건의 90% 이상이 필리핀에서 벌어진 것 으로 되어 있었다.

"비틀린 자본주의국가의 말로라고 해야 하나?"

오죽하면 필리핀은 타님발라라는, 셋업 범죄를 호칭하는 별도의 용어가 있을 정도다.

타님발라는 총알을 심는다는 뜻으로, 일선 경찰도 아닌 공 항의 경찰이 그 짓을 지독하게 해서 하나의 고유명사가 되어 버린 거다.

"내가 말했잖아, 두에른은 필리핀 사람들 입장에서는 필 요악이라고."

필리핀은 이런 셋업 범죄로 악명이 높았고, 두에른은 그걸 박멸하기 위해 많이 노력했다.

"그리고 공항에서는 더 이상 힘들어지니까 외부로 흘러나 갔다 이거네."

"맞아."

"이거 구분하는 것도 일이겠다."

"그래도 해야 해."

아무리 두에른이 셋업 범죄 박멸을 외치고 있다지만 다 사라진 건 아니다, 지금처럼 바깥으로 나가서 이루어질 뿐.

"그리고 가장 큰 문제는 한국과 같아."

"뭔데?"

"두에른이 뭘 하든 그를 도와야 하는 놈들이 사법부라는 거지."

"끄응."

한국도 마찬가지 아닌가?

한국도 개혁할 경우 가장 먼저 넘어서야 하는 고난 중 하나가 바로 사법부다.

사법부에서 처벌하지 않는다고 하면 그걸로 끝이고, 반대로 개혁파에 대해 사법부에서 보복하겠다고 하면 그걸로 인생이 끝장난다.

"필리핀도 마찬가지야. 아무리 두에른이라고 해도 사법부의 법적 판단을 건드리는 데에는 한계가 있다는 거지."

최소한 민주주의를 통해 선출된 대통령이라는 직함을 유지하기 위해서라도 사법부를 건드려서는 안 된다.

"두에른이 범죄자에 대해 현장 사살 명령까지 내린 건 제정신이 아닌 짓이긴 하지만, 한편으로는 그 정도로 사법부가 제구실을 못한다는 증거이기도 하지."

상식적으로 사법부가 제대로 작동하면 두에른이 현장 사살 명령을 내릴 수가 없다.

두에른이 사법부를 믿어서 현장 사살 명령을 내리지 않는다는 뜻이 아니라, 그런 짓거리를 하는 순간 두에른은 이미 탄핵되었어야 하니까.

"그러면 필리핀 사법부와 두에른 사이는 약간 미묘한 거네."

"응. 서로 죽이고 싶어 하지만 손대지는 못하는 그런 상황?"

사법부 입장에서는 자기 주머니를 채워 주던 놈들을 죽여 대는 두에른이 마음에 들지 않지만, 이미 두에른이 자기 마음에 들지 않는 놈들을 죽여도 누구도 저항하지 못하는 상황이고 그럼에도 불구하고 국민의 절대적 지지를 받고 있다.

두에른 입장에서는 여기서 사법부를 뒤집는다는 건 단임제인 필리핀 정권을 무너트리고 사실상 독재로 넘어가야 한다는 소리인 만큼 부담스러워서 손대지 못하고 있다.

"뭐랄까, 소 닭 보는 그런 느낌이네."

"중요한 건 그런 상황이다 보니 아무리 두에른이 노력한다 해도 현재로서는 셋업 범죄를 해결하는 데 한계가 명확하다는 거지."

두둑하게 주머니를 챙겨 줄 수 있는 조직이나 범죄자가 얼마 남지 않은 사법부로서는 그들을 비호하기 위해 최선을 다하고 있으니까.

"재판이 몇 년씩 걸린다는 것도 사실상 일종의 파업 같은 거고."

아무리 두에른이 범죄자의 체포율을 높인다고 한들 길어 봐야 3개월 안에 끝나던 재판이 1년 6개월에서 3년까지 미뤄 지지는 않는다.

즉, 사법부는 그런 식으로 두에른에게 살짝 불만감을 표출하는 거다.

"그런가?"

서세영은 아직은 나이가 어려서 그런지 권력 집단 간의 암투가 얼마나 골이 아픈지 모르는 눈치였다.

"아마 지금쯤이면 슬슬 반응이……."

노형진이 그렇게 말하는 순간 문이 열리면서 고연미 변호 사가 안으로 들어왔다.

"노 변호사님, 문제가 생겼어요."

"역시나."

"역시나?"

역시나라는 말에 고연미 변호사는 고개를 갸웃했고, 노형 진은 쓰게 웃으며 그녀에게 말했다.

"그 문제라는 게 필리핀 사법부에서 갑자기 협조를 거부 했다거나 뭐 그런 겁니까?"

"네? 아니, 그걸 어떻게 아셨어요?"

"설마 오빠가 아까 말한 게 이거야?"

"맞아. 정치인과 판사는 세상을 너무 다르게 보거든."

정치인이라는 작자들은 세상을 너무 정치적으로만 본다.

그래서 적과 아군이라는 이분법적인 시선으로 세상을 보면서도 자신이 불리한 상황에서는 고개를 숙일 줄도 안다.

"하지만 판사들은?"

자존심 때문에 고개를 못 숙인다. 아니, 안 숙인다.

자신이 최고이고 우월하며 자신들이야말로 진정한 천룡인.

그게 부패한 국가에서 판검사 같은 사법부가 가지는 생각이다.

"그 점은 한국과 비슷하네."

너무 가난한 나머지 먹고살기 위해 라면 세 개를 훔친 사람에게 징역이 1년씩 나오는 나라.

하지만 술 처마신 채로 운전하다가 세 번이나 단속에 걸려도, 심지어 음주 단속을 하는 경찰을 밀어 버리고 도주해도, 돈만 있으면 반성한다는 이유로 집행유예가 나오는 나라.

"한국과 비슷한 게 아니라 한국보다 더하지."

한국은 최소한 노골적으로 돈을 달라고는 안 한다. 하지만 필리핀은 그렇지 않다.

"하지만 그래도 범죄자라고 그 제임스인가 하는 사람 가둬 두는 거 보니까 그래도 아예 무너진 건 아닌 것 같은데."

그 말에 노형진은 쓰게 웃었다.

아무래도 서세영은 상황을 잘못 이해한 모양이었다.

"그 제임스라는 인간을 가두어 둔 거라면 우리가 협상을 못 하지."

"못 한다고?"

"그래."

개인적인 집을 구하지도 못하고, 고기를 반입하지도 못한다. 상식적으로 제임스가 정말 수감자라면 그건 불가능하다.

"그러면 그게 뭔데?"

"보호."

"보호?"

"말했지, 두에른은 상당히 극단적인 인간이라고. 제임스가 풀려나면 어떻게 될 것 같아?"

"아……."

아마 두에른은, 최소한 그 아래에 있는 경찰은 제임스의 대가리를 날려 버릴 거다.

살인에 납치에 마약까지 했을 게 뻔하니까.

"설마 돈 주고 무죄를 받을 수 있는 놈이 재판 순번을 앞당기지 못할까?"

당연히 그건 앞당길 수 있다.

하지만 나가면 죽으니까 앞당기지 않는 거다.

도리어 질질 밀어내면서, 분명 두에른의 정권이 끝나기를 기다릴 거다.

"필리핀은 6년 단임제 국가야."

그 후에 누가 대통령이 될지는 모르지만 두에른의 측근이 대통령이 된다고 해도 지금 두에른처럼 미친 듯이 칼을 휘두르는 데에는 한계가 있다.

"그런 거였어?"

서세영은 충격을 받은 눈치였다.

그래도 법원에서 자기 일을 하려고 노력하는 거라 생각했는데 사실은 정반대였다니.

"중요한 건 두에른은 재판부를 죽이고 싶어 한다는 거지."

"저기요, 노 변호사님. 그거랑 이번 사건이 무슨 관계죠?"

서세영은 고개를 끄덕거렸지만 현지의 상황에 대해 잘 모르는 고연미 변호사는 고개를 갸웃했다.

정치적인 상황이야 이번 사건과 관련이 없으니까.

"간단합니다. 두에른은 퇴임하기 전에 판사들을 비롯한 법원을 조져 두고 싶은 겁니다. 최소한 족쇄를 채워 두고 싶을 겁니다."

"왜요?"

"억압받던 놈들이 대통령 퇴임 이후에 증거를 조작해서라도 엿 먹이는 게 한두 번입니까?"

심지어 대한민국 검찰과 법원도 그 짓거리를 한다.

노형진의 사무실을 뜬금없이 압수수색하고 부정부패 기록이 담겨 있는 가짜 USB를 슬쩍 심어서 엿 먹이려고 하다가 걸려서 죄다 모가지가 날아간 게 하루 이틀이 아니다.

"넌 말만 해, 나머지는 우리가 다 알아서 할게. 이게 사법부의 권력이죠."

그런데 다른 나라도 아니고 셋업 범죄의 천국이라 불리는 필리핀에서 그런 짓을 못 할까?

셋업 범죄라고 하면 대부분 필리핀 쪽에서 벌어지는 마약을 여행 가방에 숨기는 걸 떠올리는데, 사실 셋업 범죄에는 모든 방식의 누명 씌우기가 포함되어 있다.

"두에른은 자기가 살기 위해서라도 판검사들의 모가지를 날려야 합니다. 그러려면 적당한 핑계가 필요하죠."

"그렇죠."

"문제는 그 핑계가 없다는 겁니다."

필리핀 사법부가 부패한 것과 별개로 그들은 일단 재판관이다.

그리고 민주주의국가에서 그건 강력한 방어막이다.

"전 세계가 두에른의 인권침해적인 행동에 뭐라고 하면서도 정작 아무것도 못 하는 이유가 뭡니까?"

"그가 '민주적'인 대통령으로서 활동하고 있기 때문이죠."

"맞습니다."

그는 민주주의국가에서 선거를 통해 뽑혔고 심지어 지금도 지지율이 70%가 넘는다.

타국의 인권 단체들이 그에게 '범죄자의 인권을 존중하라.'라고 개지랄을 떨어 봐야 필리핀에서 '니들이 뭔데?'라고 해 버리면 할 말이 없다.

"이는 즉, 두에른 입장에서도 민주주의 한 보루인 사법부를 손대기 위해서는 타당한 증거가 있어야 한다는 거죠."

"그런데요?"

"그래서 이게 필요한 겁니다."

노형진은 쌓이고 쌓인 수많은 셋업 범죄에 대한 기록을 두 사람 앞으로 펼쳐 보였다.

"설마?"

"네, 이 셋업 범죄를 대한민국에서 공론화한다면 어떻게 될까요?"

"강력한 증거네?"

서세영도 아차 싶었다.

강력한 증거.

그것도 다른 나라에서 공식적으로 제출한 증거.

그것만큼 공신력이 있는 증거가 어디에 있을까?

"전 세계에서 셋업 범죄에 대해 체계적인 조사를 한 나라는 없지."

다른 나라는 한국처럼 셋업 범죄의 피해자가 많지 않지만, 한국은 외교부에서 귀찮으니까 완전히 방치했다.

필리핀은 그런 걸 통계 내서 공개해 봐야 관광객이 오지 않을 테니 관심을 가질 이유가 없다.

그런데 셋업 범죄가 재판부의 개입 없이 과연 가능했을까?

"불가능하겠죠."

아무리 셋업 범죄를 저지르고 싶다고 해도 재판부에서 비호해 주지 않는 이상 그건 불가능하다.

"오빠 말이 무슨 뜻인지 알겠어. 이걸 제공하면 두에른이 이걸 이용해서 재판부를 날려 버릴 거라는 거잖아?"

"그렇지."

두에른은 그렇잖아도 셋업 범죄를 극도로 증오하는 사람이다.

그럴 수밖에 없는 게 그가 독재자 스타일인 건 사실이지만, 그래서 극단적인 방식을 써서 세계에서 지탄받는 것도 사실이지만 최소한 필리핀의 미래에 부패한 사법부가 얼마나 악영향을 끼칠지 정도는 알고 있는 사람이기 때문이다.

"두에른은 자신이 대통령이 되었음에도 불구하고 민간 항공기로 출퇴근했던 사람이야."

그가 그렇게까지 한 이유는 공항에서 이루어지는 셋업 범죄를 박멸하기 위해서였고, 실제로 그 후에 많이 박멸되었다.

"이걸 제공하면?"

"관련된 놈들은 선택의 기로에 서겠지."

대가리에 납탄을 처맞고 뒈지든가, 아니면 자기와 관련된 새끼들을 다 불고 몇 년 감옥에 있다 오든가.

"우리가 확실히 두에른과 싸운 건 사실이지."

그의 최측근들 모가지를 날려 버렸으니까.

"하지만 굳이 그들과 영원히 싸울 이유는 없잖아?"

어찌 되었건 두에른은 지금도, 나중에도 필리핀에서 영웅으로 대접받는 인간이다.

그가 잔인한 건 사실이지만 필리핀이 그렇게까지 하지 않으면 안 될 정도로 구조적으로 문제가 심했던 것도 사실이니까.

"화해의 선물이라는 거군요."

생각지도 못한 말에 고연미도 탄성을 내질렀다.

"아마 상당히 마음에 드는 선물일 겁니다, 후후후."

⚖

두에른은 필리핀에서 법이고 뭐고 죄다 무시하고 범죄자를 학살하고 있었다.

그런 그에게 가장 골치 아픈 대상은 경찰도, 범죄자도, 갱단도 아니었다.

"개 같은 새끼들!"

갱단을 와해시키기 위해서는 그 수뇌부를 척살해야 한다.

문제는 그 수뇌부가 법원의 비호를 받고 있다는 거다.

"또 실패했어?"

"교도소 내부로 들어갈 방법이 없습니다."

교도소는 사법부에서 관리하는 곳이다. 거기에 사람을 보내서 누군가를 죽인다는 건 불가능에 가깝다.

일단 그런 일이 벌어지면 현지 간수가 묻거나 따지지도 않고 먼저 쏴 버리기 때문에.

그렇다고 직접 가서 대가리에 총을 쏴 버리는 것도 불가능하다. 그건 또 해외의 인권 단체에서 지랄을 할 테니까.

밖에서 도망가거나 저항하는 놈들은 자칭 정당방위라는 핑계로 쏴 버려도 문제없지만 교도소 내부에서는 그럴 수가 없다.

그리고 그 교도소에서 핵심 갱단원들을 보호하고 있는 건 다름 아닌 사법부다.

"미친놈들을 죽여 버릴 수도 없고."

마음 같아서는 사법부 놈들도 모조리 쏴 버리고 싶은 게 두에른의 본심이지만 그렇게 할 방법이 없었다.

물론 자기 파벌을 통해 몰래 암살하는 거야 가능하다.

하지만 그것도 한두 명이지, 수천 단위의 사법부를 싹 다 죽일 수는 없다.

"적당한 핑계만 있다면……."

두에른이 고민하는 그때 그의 비서관이 다가와 말했다.

"각하, 한국 대사관에서 접촉해 왔습니다. 자국민들의 재판 문제로."

"알아. 안다고."

사실 아무리 친중인 두에른이라고 해도 한국과 사이가 틀어지는 건 원치 않는다.

아무리 중국이 좋아도 중국이 주는 돈은 빌려주는 거고 한국이 주는 돈은 지원금이다.

즉, 갚아야 하는 돈과 갚지 않아도 되는 돈의 차이는 엄청나게 크다.

더군다나 그 망할 일대일로인지 일대다로인지는 도리어 자신들에게 심각한 문제를 안겨 주고 있다.

돈 빌려서 투자한 건 좋은데, 코렐09바이러스가 터지고 나자 그걸 상환하라고 온갖 지랄을 하고 있기 때문이다.

"죽여 버릴까?"

실제로 그는 네 명의 청년을 가능하면 빨리 재판해서 돌려보내라고 명령을 내렸다.

그러나 재판부는 법과 원칙 운운하면서 아직 재판 기일도 제대로 안 잡고 있다.

마지막으로 보고받았던 재판 기일이 1년 9개월 후던가 그랬다.

그마저도 예상이다.

"개 같은 놈들."

두에른은 한국 정부가 무슨 말을 할지 알기에 이를 박박 갈았다.

그런데 보좌관이 전하려 한 말은 그의 예상과는 달랐다.

"그게 아닙니다. 그들은 이번 문제를 해결할 자료를 가지고 왔다고 합니다."

"해결할 자료?"

"네."

"들여보내."

그 말에 두에른은 혹시나 하고 한국 대사인 수모린을 불렀다.

"각하, 잘 지내셨습니까?"

"수모린 대사, 이번 문제를 해결할 게 있다고?"

두에른은 원래 정치인 출신이 아니다. 그래서 정치적인 미사여구에 관해 잘 모른다.

실제로 지금 같은 상황에서는 온갖 미사여구가 왔다 갔다 하겠지만, 그는 그 대신에 단도직입적으로 물었다.

"그게 뭐요?"

수모린은 그런 그를 보면서 쓰게 웃었다.

하긴, 그런 그의 성격이 하루 이틀도 아니니 이해해야 한다. 일국의 대통령에게 대사가 기분 나쁘다고 길길이 날뛸 수는 없다.

"한국에서 셋업 범죄 기록을 정리해서 보내왔습니다. 아시다시피⋯⋯."

"알지, 당신네 대사관이 그간 온갖 병신 짓 한 거."

그 말에 수모린은 쓰게 웃었다. 실제로 그랬으니까.

사실 그도 이번 일이 마음에 들지는 않았다.

원래대로라면 적당히 시간만 때우다가 귀국할 생각이었는데 이제는 인생을 걸고 싸우게 생겼다.

"크험, 저희가 실수를 좀 많이 해서 그걸 수습하려고 하는데…….'

"그래서?"

"그래서 한국에서 셋업 범죄 관련 조사를 좀 했습니다. 장소와 근무자들 그리고 시기 등을…….'

"장소? 시기?"

"네. 다행히 상당수는 기록이 남아 있더군요.'

그럴 수밖에 없는 게, 셋업 범죄에 걸리면 일단 대부분 한국 대사관에 전화하기 때문이다.

물론 그때마다 한국 대사관은 '알아서 해결하세요.'라고 해 버렸고 그중 극소수만이 새론을 통해 재판받았다.

당연한 게, 그들이 요구하는 돈이나 재판 비용이나 도긴개긴이고 재수 없으면 구속 수사로 교도소에 끌려간다는 부담은 절대로 무시할 수 없기 때문이다.

"그래서?"

"그래서가 아니라 말입니다, 그들이 그 돈을 다 먹었을 것 같지는 않습니다만."

"호오?"

당연히 그 돈을 상납했을 테고 그중에는 판검사도 있을 거다.

"수만 건입니다.'

그리고 그 수만 건을 파고들면 아마도 관련자 대부분은 족칠 수 있을 것이다.

"그렇단 말이지?"

두에른은 눈치가 빨랐다.

그거라면 자신의 말을 무시하는 놈들을 엮어 넣을 수 있다는 생각에 그의 입가에 저절로 미소가 떠올랐다.

"그래서, 원하는 건 뭐요?"

"그냥 한국 국민을 빨리 귀국시켜 주셨으면 하는 겁니다."

실제로 그걸 원하고 있었다. 그게 자신이 살 수 있는 유일한 방법이니까.

"걱정하지 마시오, 금방 해결될 테니."

수만 건의 자료가 들어 있는 USB를 넘겨받으며 두에른은 확신했다.

자료를 넘겨준 후, 재판은 속전속결로 이루어졌다.

그 자료에 있는 놈들을 족치자 관련된 판검사들의 이름이 줄줄이 나왔기 때문이다.

해당 사실을 공표하고 체포를 명령하자 사법부는 개판이 났다.

저항? 이미 자기들이 범죄자가 되었는데 무슨 저항을 한단 말인가?

"도와주게. 살려 줘, 제발."

한때 자신에게 뇌물을 줬던 갱단원에게 달려가서 살려 달라고 하는 판사.

하지만 갱단원은 그를 보자마자 기겁했다.

"이 새끼가 뭐라는 거야?"

판사들이 뇌물을 받고 사건을 덮었다는 강력한 증거가 두에른에게 전해졌으니 이들은 살아남을 수 없다.

당연하게도 그들을 체포하기 위해 두에른은 경찰을 동원했다.

정확하게는, 경찰이라는 가면을 쓴 자신의 사병을 보냈다.

저항하면 사살해도 좋다는 명령과 함께.

"뒈지려면 혼자 뒈지든가!"

실제로 갱단 하나가 멋모르고 부패 판사를 보호하려고 했다. 소식이 늦어서 상황을 몰랐던 거다.

그런 그들에게 날아온 건 경찰의 자동소총에서 발사된 총알이었다.

현장에 있던 갱단원 쉰 명은 전원, 저항할 틈도 없이 부패 판사와 함께 사살되었다.

"보스! 큰일 났습니다! 경찰입니다! 경찰이……!"

지금 상황에서 경찰은 공포의 대상 그 자체.

"제발 살려 주게! 도피만 시켜 주면……!"

그 말에 다급하게 소리를 지르는 판사.

하지만 보스는 그의 말을 계속 들어 주는 대신 그대로 각

목으로 그를 두들겨 패기 시작했다.

"악! 악!"

"경찰분들을 모셔 와라!"

"네?"

"모셔 오라고! 같이 뒈질래?"

"아…… 알겠습니다."

부하는 나가서 다급하게 경찰을 불렀다.

"경찰분들, 여기입니다. 저희가 잡아 놨습니다."

"아악!"

"뒈져, 이 새끼야!"

경찰이 눈에 보이자 보스는 자신이 억울하다는 걸 증명하기 위해서라도 더더욱 판사를 미친 듯이 두들겨 팼다.

"뒈져! 제발 좀!"

그리고 그게 그의 본심이었다.

얼마 후 필리핀에 잡혀 있던 청년들이 한국으로 귀국했다.

피폐해지고 많이 망가졌지만 최소한 살아 돌아오기는 했다.

비록 그로 인해 당분간 필리핀 관광이 뜸해지겠지만 그래도 그건 그쪽 문제지, 이쪽 문제는 아니었다.

"개판 났네, 진짜."

필리핀의 사법부는 연일 박살 난다는 소식이 들려왔다.

–벌써 사법부의 40%가 체포되었습니다. 도주한 사람들은 뭐 한 20%쯤 되고요.

아미한은 그들을 돌려보낸 후에 필리핀의 상황을 전화로 이야기해 줬다.

"나머지는요?"

–적당히 두에른에게 붙은 모양이더군요.

하긴, 두에른 입장에서도 아무리 부패한 사법부라고 해도 한꺼번에 100% 체포하기는 힘들 거다.

그래도 벌써 60%가 날아갔으니 그것도 무시 못 할 수준이었다.

이전에는 판사들의 파업 때문에 재판 소요 기간이 몇 년이었는데 지금은 진짜로 판사가 없어서 몇 년이 되어 버릴 상황.

–그, 저…… 이번에 제가 새론을 그만두고…….

그리고 설명하던 아미한은 미안한 목소리로 말했다.

"그만두신다고요? 다른 로펌으로 가십니까?"

–아뇨. 그럴 리가요. 새론만큼 대우가 좋은 곳도 없는데요.

"그러면?"

–판사가 너무 부족한 나머지 변호사 중에서 판사를 다급하게 보충 중입니다.

검사 쪽도 부패하기는 마찬가지다 보니 결국 변호사들 중에서 판사를 뽑아야 하는데 그게 쉽지 않았던 것이다.

–저뿐만 아니라 새론 출신 상당수가 이직할 듯합니다.

"축하드립니다."

–축하까지야……

"아닙니다. 여러모로 축하할 일이죠."

사법이 바로 서는 것만으로도 나라는 상당한 발전을 한다.

법만 제대로 굴러가면 범죄자들이 제대로 처벌받을 테고, 그러면 부패도 사라지게 되니까.

"솔직히 새론으로서는 손실이기는 합니다만."

하지만 거국적으로 보면 필리핀 입장에서는 막대한 이득이 되는 일이다. 당연히 축하할 수밖에 없다.

–나중에라도 잘 부탁드립니다.

"별말씀을요."

노형진은 전화를 끊으면서 미소를 지었다.

"그나마 하나는 제대로 굴러가네."

그게 엉뚱하게도 필리핀이기는 하지만 말이다.

"우리나라는 언제쯤 이렇게 되려나."

부패할 대로 부패한 한국의 사법부를 떠올린 노형진에게는 한숨만 나오는 날이었다.

믿을 수가 없네, 진짜

"미치고 팔짝 뛰겠네. 와, 씨팔."

"자 자, 진정하시고."

"진정? 진정? 지금 진정하게 생겼어? 무려 280억이야! 280억이라고!"

노형진은 눈앞에 있는 의뢰인이 진짜로 혈압으로 죽을까 봐 걱정할 수밖에 없었다.

"진정하시지요, 회장님."

보다 못한 김성식이, 다시 한번 일어나려 하는 피해자 강선팔을 강제로 자리에 앉혔다.

"이런다고 해서 문제가 해결되는 건 아니지 않습니까?"

"아니, 그러면 어쩌라는 거야? 나보고 그냥 망하라고? 진짜로 이렇게 그냥 망하라고?"

"그런 게 아닙니다. 일단 상황을 해결하기 위해 저희도 최선을⋯⋯."

"최선? 무슨 최선? 아니, 해결할 수는 있는 거야?"

"⋯⋯."

"말도 못 하면서 무슨 최선!"

노형진은 그런 강선팔에게 결국 한 소리를 했다.

"저희는 의뢰인의 감정 쓰레기통이 아닙니다."

"지금 뭐라는 거야?"

"의뢰를 맡기셨으면 와서 방해하시지 말라는 겁니다. 하루 이틀도 아니고 매일같이 와서 화만 내시면 어쩌라는 겁니까? 해결하려고 움직일 시간이 없지 않습니까?"

"너⋯⋯ 너⋯⋯."

"싫으시면 저희가 거절하지요. 다른 변호사들에게 의뢰하셔도 됩니다."

그 말에 강선팔은 이를 뿌드득 갈다가 한숨을 쉬면서 고개를 흔들었다.

"⋯⋯미안하네. 상황이 상황인지라."

"이해합니다. 그러니까 저희도 받아들였지요. 힘드시겠지만 저희를 믿고 기다려 주세요."

"제발 부탁이네. 나 이거 못 메꾸면 진짜 망해."

"알겠습니다. 그러니 걱정하지 마세요."

안절부절못하는 강선팔을 간신히 내보낸 노형진은 고개를 절레절레 흔들었다.

　김성식도 그가 나간 출구를 보면서 고개를 내저었다.

　"이해가 되기는 하는데 말이지."

　"그렇죠. 280억이라니, 애들 장난도 아니고."

　무려 280억이라는 돈이 걸려 있는 소송이다.

　문제는, 명백하게 이쪽이 피해자인데 법적으로 이길 방법이 없다는 거다.

　"이런 경우가 많아요?"

　옆에서 안절부절못하고 있던 서세영이 걱정스럽게 묻자 김성식이 고개를 끄덕거렸다.

　"생각보다 많지."

　"이해가 되지 않네요. 어떻게 그럴 수가 있죠?"

　"어쩔 수가 없어, 법의 한계 때문에."

　"그러니까 이해가 안 간다는 거야, 오빠. 어떻게 국가에서 작성하는 등기가 공신력이 없을 수가 있느냐고. 아니, 말이 안 되잖아. 한낱 기업도 아닌 대한민국 정부잖아. 공짜로 해 주는 것도 아니고 적잖은 돈을 내고 하는 부동산등기잖아! 그런데 그런 부동산등기에 법적으로 공신력이 없어서 보호를 못 받는다니 이게 말이나 되느냐고."

　"그러니까 웃긴 거지."

　노형진은 그렇게 말하면서 머리를 긁적거렸다.

"그러니까 부동산 업자들이 잘못되면 배상해 주겠다는 소리를 당당하게 할 수 있는 거지. 어차피 안 줄 거니까."

"응? 그게 무슨 소리야, 오빠?"

"말 그대로라네. 부동산 업자들이 거래할 때 뭐라고 하는지 아나? 등기를 보여 주면서 안전한 물건이라고 한다네."

실제로 등기를 보여 주면 대부분의 사람들은 그걸 믿고 부동산 거래를 한다.

"문제는 부동산등기에 공신력이 없다는 거지."

이게 무슨 소리냐면, 등기가 잘못되거나 조작되어 있다고 해도 방법이 없다는 거다.

아니, 그게 잘못되어 있다고 해도 책임질 사람이 존재하지 않는다는 게 정확한 표현일 것이다.

"정부도 부동산도 건물주도, 다 책임이 없으니까."

"그러니까 이게 말이 되느냐고."

"법이 그런 걸 어쩌냐?"

한국 사람들이 반드시 알아야 하지만 절대로 모르는 사실 중 하나.

그건 바로 정부에서 하는 부동산등기라는 게 공신력이 없다는 거다.

매일같이 '집을 사면 등기부터 작성하세요.'라면서 적지 않은 등기 비용을 받아 가지만 법적으로 부동산등기는 공신력이 없다.

나라야 애초에 법적으로 부동산등기는 공신력이 없다는 일관된 입장을 가지고 있고, 법원에서도 그 일관된 입장에 따라 국가에 책임을 묻지 않는다.

부동산 업자?

부동산 업자가 무슨 초능력자도 아니고, 나라에서 한 등기도 공신력이 없는 판국에 그들이 무슨 능력으로 그 등기가 거짓 등기라는 걸 파악한단 말인가?

피해자?

애초에 부동산등기가 공신력이 전혀 없다는 사실을 국민 중 0.01%나 알까? 대부분은 모르기에 사람들이 등기를 믿고 거래하는 것이다.

"결국 이런 사기가 터지면 피해자만 망하는 거지."

부동산등기는 공신력이 없다.

공신력이란 쉽게 말해서 그 자체로써 믿음을 정부나 공공단체가 보증한다는 거다.

문제는, 거래할 때는 그 공신력이 없는 부동산등기라도 있어야 한다는 거다.

"도대체 왜 공신력이 없는 거야?"

"뭐, 복잡하지. 그리고 그게 우리나라만의 문제도 아니고."

"뭐?"

"그냥 단순히 정부가 일을 하지 않는다고 보기에는 애매하다네, 서세영 변호사."

"잘 모르겠어요. 그래도 공신력은 있어야 하지 않나요?"

"음…… 이게 말이지."

노형진은 서세영에게 간단하게 반대 상황을 설명했다.

"만일 말이야, 이번 사건에서 등기에 공신력이 있다면 어떻게 될까?"

"이번 사건에서?"

"그래."

"그거야……."

이번 사건의 내용은 간단했다.

강선팔이 빌딩을 하나 샀다. 무려 280억짜리, 판교에 있는 빌딩이었다.

그는 그걸 사기 위해 기존에 가지고 있던 건물과 일부 재산을 정리하고 대출까지 당겼다. 그렇게 만든 돈으로 빌딩을 샀다.

부동산 거래는 문제가 없었다.

등기부 등본을 확인했고, 법적으로 하자가 없는 건물이라고 부동산 업자도 말을 했다.

그래서 계약하고 돈을 줬는데 갑자기 소송이 걸렸다.

그 건물이 원래 동생의 건물이었는데 형이라는 작자가 인감을 훔쳐서 명의를 몰래 바꿨다는 것.

실제로 그 형이라는 작자는 돈을 들고 벌써 어디론가 내뺀 상태였다.

동생은 길길이 날뛰면서 소송을 걸었다.

여기서 문제가 생긴다.

만일 등기가 공신력이 있다면 보호 대상은 그 건물을 산 선의의 제3자가 된다.

왜냐하면 동생을 속이고 형이 등기를 작성했지만 어찌 되었건 형이 한 등기이기에 외부에 공신력을 가짐과 동시에 그로 인해 발생하는 계약에 대한 보호력을 가지기 때문이다.

"그때는 피해자는 동생이 되고 그 후에 형과 동생의 개싸움이 되는 거지."

"끄응, 그러니까 공신력은 누구를 보호하느냐의 문제라는 거네?"

"맞아. 실제로 이러한 문제로 인해 전 세계에서 공신력을 인정한 나라가 19개국밖에 안 되고."

"그거밖에 안 된다고?"

"그래. 그리고 솔직히 한국은 공신력을 인정하기 힘든 상황도 있고."

"어째서?"

"한국은 한국전쟁이라는 과정이 있었잖아."

많이 죽고 많이 끌려갔으며 많은 기록이 소실되었다.

당연하게도 그 상황에서 이 땅이 누구의 소유인지 증명할 방법이 없는 경우, 눈치 빠른 놈들이 주인 일가가 죽은 땅에 대해 너도나도 '내 땅이오.'라고 주장하기 시작했다.

"그래서 대한민국 정부는 공신력을 인정하지 않는 거야."

"원초적인 문제가 있는 거구나."

"그래."

"문제는 그걸 이용하는 사기꾼들이 넘쳐 난다는 거지. 이번 사건도 그렇고."

형이라는 작자가 동생의 뒤통수를 칠 거라고 누가 상상이나 했겠는가?

"그리고 아예 건물주가 사기를 치는 경우도 많고."

"뭐? 아니, 어떻게?"

"간단해. 서류를 조작하는 거지."

예를 들어 A라는 주인이 은행에서 집을 담보로 돈을 빌린다. 현행법상 담보로 잡힌 집에는 등기부 등본에 해당 사항이 고지된다.

그리고 그 후에 대출 상환 서류를 조작해서 그걸 등기소에 제출, 등기부 등본상의 대출 기록을 삭제한다.

그리고 나서 B라는 사람에게 자기 집을 파는 거다.

B라는 사람은 등기부 등본상 담보 대출 기록이 없으니까 제값을 다 주고 그 집을 산다.

"그러면 어떻게 되겠어?"

"어, 그러면 등기가…… 그러네? 와, 미친!"

그런 경우는 등기부 등본에 공신력이 없기 때문에 그 담보 기록에 대한 공신력도 없다.

이게 무슨 소리냐면, 대출은 그대로 남아 있다는 거다.

은행은 그 등기상의 대출 기록에 따라 원상회복을 요구할 수 있고, 등기는 원상회복이 되며, 이후 은행에서는 그걸 팔아서 자기 손실을 메꾸면 된다.

만일 공신력이 있다면 은행이 그 도망간 도둑놈을 잡아서 돈을 받아 내야 하지만 공신력이 없기에 그놈을 잡아야 하는 건 은행이 아니라 그 집을 산 사람이 되어 버린다.

"그러면 그 집을 산 사람은 돈을 날리는 거지."

물론 집을 판 놈을 잡으면 그 돈을 돌려받을 수 있겠지만 대부분의 경우 그런 행동을 하는 놈들은 이미 전 재산을 빼돌려서 도망간 후다.

"실제로 그런 사기가 엄청나게 많아."

노형진은 곤란하다는 듯 말했다.

"물론 지금같이 큰 경우는 드물지만."

대부분의 이런 등기부 등본 사기는 작은 곳을 위주로 벌어진다.

문제는 크든 작든 일단 공신력이 없는 상황에서 벌어진 상황이기에 피해가 발생한다는 거고, 그걸 되돌릴 수 있는 방법이 없다는 거다.

"다른 나라들은 이런 문제를 어떻게 해결하는 거야?"

"그게 문제야."

노형진은 한숨을 푹 쉬었다.

"다른 나라들은 이런 걸 해결할 수 있는 방법을 여러모로 강구하지."

예를 들어 이런 사건이 발생했을 때 피해자에게 보험금이나 피해 구제금을 줄 수 있는 방법을 마련한다거나 하는 식으로 말이다.

"하지만 한국은 피해자 구제에 전혀 관심이 없어. 정확하게는 귀찮아하지."

"귀찮아한다고?"

"그래. 등기 업무를 하는 법원 입장에서는 이게 엄청 편하거든."

대충 일해도, 그로 인해 문제가 생겨도 아무런 책임도 지지 않는다.

그러니 그들 입장에서는 일은 귀찮아도 마음은 편할 거다.

"자기가 죽는 게 아니니까."

남이 죽든 말든 피해자들이 전 재산을 날리든 말든, 그건 알 바가 아니라는 방식으로 운영되는 거다.

"부동산등기에 공신력이 없는 나라는 생각보다 많아. 하지만 후속 대책이 없는 나라는 그리 많지 않지."

노형진의 말에 서세영은 눈을 찡그렸다.

"그러면 이런 경우는 어떻게 해?"

"현실적으로 방법이 없어. 아무리 우리가 강력하고 실력이 좋다고 해도 법에 없는 걸 만들어 낼 수는 없으니까."

물론 진짜로 필요하다면 통과시킬 수는 있다. 한국에서 돈과 권력이면 법에 없는 거라도 재판하게 할 수 있으니까.

하지만 노형진은 그럴 생각이 전혀 없었다.

법은 공정해야 한다.

새론의 가치는 거기에서 시작된다.

가난한 사람의 무료 변론이라고 해도, 이번처럼 무려 280억짜리 최고가의 변론이라고 해도 똑같이 해결해 줘야 한다.

이번에 어떻게 법에 없는 규정을 비틀어서 이긴다 해도 다음에도 과연 다시 한번 지원받을 수 있을까?

다시 한번 비슷한 일이 벌어졌을 때 과연 재판부에서 똑같이 판단해 줄까?

"그럴 리가 없지."

돈이 없는 사람의 재판이니까.

자신들에게 뇌물을 주거나 자신들의 인생을 조질 만한 능력이 없으니까.

당연히 재판부는 사건을 방치할 테고, 피해자는 억울하게 피해만 입고 구제받지는 못할 거다.

"그러면 이제 가장 중요한 건 뭐야?"

"일단 첫 번째는 가해자를 체포하는 거겠지."

그리고 그에게서 재산을 환수하는 것. 그게 최우선이다.

문제는 그놈이 어디에 있는지 알지 못한다는 것.

"아무래도 사건 담당자를 한번 만나 봐야 할 것 같은데."

지금 할 수 있는 건 그것밖에 없었다.

"이번 사건의 범인 말입니까?"

"네."

"이미 도주한 게 언제인데요."

이번 사건을 담당하게 된 김상규 검사는 귀찮다는 듯 손을 휘휘 저었다.

"도주했다고요?"

"네, 이미 다른 나라로 도주했어요."

"어디로요?"

"어디더라? 중국이라고 했던가, 아니면 베트남이라고 했던가?"

"필리핀입니다."

옆에 서 있던 검찰 직원이 대신 이야기해 주자 김상규는 그 말에 고개를 끄덕거렸다.

"들었죠? 필리핀."

"수배는 안 내립니까?"

"내렸죠. 하지만 이걸 나보고 어쩌라고요? 필리핀까지 가서 어떻게 해서든 잡아 와요?"

귀찮은 듯 손을 휘휘 젓는 김상규를 보면서 노형진은 혀를 끌끌 찼다.

옆에 있는 서세영은 기가 막혀서 목소리를 높였다.

"어떻게 해서든 체포해야 하는 거 아닌가요? 지금 뭐 하시는 거예요?"

"필리핀에 있는 새끼를 나보고 어쩌라고요. 이봐요. 아직 세상 물정 모르는 모양인데, 해외로 튀면 그걸로 끝이야. 못 잡아. 그걸 날 탓하면 안 되지."

"아니, 무슨 말을……!"

노형진은 화를 내려고 하는 서세영을 말렸다.

"알겠습니다."

"일이 별로 없나 봐요, 사람 귀찮게시리."

"가자."

"오빠?"

"나가서 이야기하자."

노형진은 서세영을 데리고 밖으로 나왔다.

밖으로 나온 서세영은 발끈했다.

"지금 저건 뭐 하자는 거야? 어? 우리 놀리는 거야?"

"반쯤은?"

"반쯤은?"

"그래, 저런 싸가지없는 검사가 없는 건 아니거든."

검사가 되었다는 것만으로 한국 권력의 핵심에 들어갔다는 생각을 하기에는 충분하다.

주변에서 그에게 잘 보이려고 몸부림치니까.

필요하면 살인자도 풀어 줄 수 있고 죄 없는 자도 가둬 버릴 수 있으니 그 권력이 얼마나 달콤하겠는가?

"그런 거에 취해 버려서 정신 못 차리는 놈들이 있기는 하지. 그리고 저런 타입이 딱 그렇고."

"저걸 그냥 둬?"

"저런 놈들은 어차피 오래 못 가."

권력을 누리기 위해서는 눈치도 봐야 한다.

그런데 저렇게 눈치를 보지 못하는 놈들은 꼭 사고를 친다.

그리고 그런 경우에 위에서는 자기 보신을 위해 놈을 쳐 낼 수밖에 없다.

"권력이라는 건 결국 상관관계가 있다는 것도 이해 못하는 멍청한 놈이야. 오래 버티겠어?"

당장 의뢰인이 이번 사건으로 280억을 날렸지만 그렇다고 전 재산을 날린 건 아니다.

"너도 알잖아. 강선팔 씨가 고작 280억에 영끌 할 사람이냐?"

"아니. 하긴, 그것도 그렇지."

그의 재산은 2천억이 넘는다.

그가 그 빌딩을 사면서 대출을 낀 건 돈이 없어서가 아니라 부자들에게는 대출 역시 하나의 재테크 수단이기 때문이다.

때로는 세금을 비롯한 여러 가지가 유리해서 대출을 끼기도 한다.

이번 빌딩 거래는 그가 가지고 있던 구도심의 집을 정리하고 발전 가능성이 높은 신도심 지역의 재산을 확보하기 위한 흔한 이동일 뿐이었다.

잔뜩 화가 나서 망한다고 고래고래 소리를 지르기야 했지만 그 정도로 망하지는 않는다.

그렇다고 전혀 타격이 없는 작은 돈도 아니지만.

"영끌 한 것도 아니고, 그가 이번 사건으로 전 재산을 날린 것도 아니지."

저 검사는 그냥 자기가 검사니까 권력이 있으니 우월하다고 생각해서 뭉그적거리는 모양이지만, 고위 검사도 아닌 평 검사가 벌써부터 저 지랄 하면 위에서 가만두지 않는다.

"그럼 저 사람도 오래가지는 못하겠네."

"응, 아마도."

"그런데 나머지 절반은 뭐야?"

"저 검사가 싸가지가 없는 건 사실이지만 또 틀린 말을 한 것도 아니라는 거지."

범인이 해외로 튀어 버리면 현실적으로 대한민국의 사법부에서는 해 줄 수 있는 게 없다.

"범죄인인도 조약이 되어 있잖아!"

"물론 대부분의 국가는 범죄인인도 조약이 체결되어 있으니까 체포하면 한국으로 송환할 수 있겠지. 문제는 송환되는 것과 체포하는 건 전혀 다르다는 거야."

노형진은 머리를 긁적거리며 말했다.

"그런 나라는 치안이 좋지 않아. 자국 내 범죄자도 체포를 못하는 경우가 허다하지. 그런데 국외 범죄자를 제대로 추적할 수 있겠어?"

현실적으로 범죄인인도 조약이라는 건 운이 좋아서 잡히면 돌려보내겠다는 뜻이지, 그 나라에서 그들을 잡기 위해 별도의 공권력을 동원하겠다는 뜻이 아니다.

"너도 알잖아, 범죄인인도 조약은 쌍방이라는 거. 그런데 한국에서 외국인 범죄자에 대한 체포나 수배가 떨어지는 거 봤어?"

"어…… 알 것 같다."

서세영은 노형진의 비유를 듣고 이해했는지 고개를 끄덕거렸다.

한국도 마찬가지.

다른 나라에서 범죄를 저지르고 한국으로 도피하는 놈들은 넘쳐 난다.

그런데 그들을 잡아서 돌려보내는 경우는 1년에 열 손가락 안에 꼽을 정도다.

한국 정부도 그들을 적극적으로 체포하려고 하지 않기 때문이다.

한국 정부가 부패해서 그렇다기보다는, 한국도 다른 나라와 마찬가지로 잡히면 송환시킬 뿐 별도의 수사를 하지는 않기 때문이다.

"하물며 한국은 다른 나라보다 치안이 좋고 국민의 관리가 엄중하게 이루어지지."

한국처럼 전 국민에게 번호를 부여하고 그걸 관리하는 국가는 거의 없다시피 하다.

그럼에도 불구하고 수배범을 제대로 못 잡는 상황인데, 동남아의 부패한 경찰이 활동하는 곳에 숨은 범인을 잡는 게 가능할까?

"그러면 어쩌지?"

"어쩌긴."

노형진은 어깨를 으쓱했다.

"우리 나름대로 움직여야지."

"어떻게?"

"그곳이 필리핀이라고 했지?"

"응, 그랬지."

"뭐, 필리핀이든 베트남이든 상관없으려나?"

사실 노형진은 계획을 이미 세워 두었고 그걸 실행할 능력도 되었다.

"뒈지기 싫으면 돌아와야지 어쩌겠어? 후후후."

⚖️

필리핀.

과거 스페인과 미국에 의해 차례로 식민지배를 받았으나 꾸준히 독립운동을 한 끝에 미국으로부터 독립했고, 한국보다 잘살기도 하였으며, 자유민주주의를 수호하기 위해 한국 측에 서서 한국전쟁에 참전하기도 한 나라다.

지금도 한국에 뒤처지긴 했으나 꾸준히 경제성장을 보이고 있다.

"현상금을 걸자고?"

"네."

"우리가?"

"정확하게는 우리는 아니죠. 우리가 계약한 로펌들이 있지 않습니까?"

"그렇지."

김성식은 노형진의 말에 고개를 끄덕거렸다.

"우리가 계약하고 오픈한 로펌들이 엄청나게 많지."

"요즘은 그런 로펌들의 업무가 많이 줄었다고 하던데요?"

"그것도 다 자네 덕분 아닌가."

"제 덕분이라기보다는 새론에서 많이 노력한 거죠."

새론에서 만든 여러 나라의 지점에, 처음에는 엄청나게 많은 일감이 몰려들었다. 그만큼 한국인들이 해외에서 보호받지 못했기 때문이다.

하지만 최근에는 그런 수임은 많이 줄어들었다.

새론에서 적극적으로 나서자 대상 범죄가 줄어든 것도 있고, 코델09바이러스로 인해 관광 자체가 거의 없어지다시피 했기 때문이다.

"물론 이건 어디까지나 해외에서 피해를 입은 사람들을 보호하는 정도고 범죄인인도는 전혀 다른 문제이기는 하지."

"우리가 가서 잡아 오면 좋은데."

"그게 불가능하니까 이러는 거 아니야. 우리가 중국도 아닌데 그런 짓을 어떻게 해?"

"하긴, 중국은 하고 있구나."

"설마. 아무리 그래도 그 정도까지야."

"그럴까?"

그 말에 노형진은 쓰게 웃었다.

'그러고 보니 아직 그게 드러나지 않았겠구나. 좀 미리 터트려야 하나?'

사실 중국은 해외에 별도의 공안 조직이 있다.

말로는 해외 체류 중국인의 행정 업무를 도와주는 조직이라고 하지만, 그런 거라면 대사관에서 처리하면 되지 굳이 별도의 공안 조직을 만들어서 굴릴 이유가 없다.

더 웃긴 건 그런 공안 조직은 대부분 비밀리에 움직인다는 거다. 등록 같은 것도 하지 않는다.

정확하게는 사무실을 등록하기는 하는데, 노래방이나 술집, 학원, 식당 등으로 위장 등록한다.

"당장 공자 학원만 해도, 그게 학원이냐?"

말이 학원이지, 사실상 국가 스파이 조직 역할을 하는 게 중국의 공자 학원이다.

"중국은 자기네 비선 조직을 이용해 이미 매년 수만 명씩 체포해서 끌고 가고 있어."

"뭐? 진짜로?"

"진짜로."

단순 도둑질을 한 잡범이나 도주한 범죄자들을 노리는 것은 아니다.

그들 입장에서는 그런 잡범들이 해외에서 분탕을 칠수록 그 나라의 치안은 불안해지니 오히려 좋은 기회라고 생각하기 때문이다.

그들이 노리는 건 반중국 인사, 특히 반샹량핑 인사들이다.

그것도 공개적으로 뭐라고 하는 게 아니라 누군가 그 나라의 중국인 사회에 중국이나 샹량핑에 대한 불만을 토로하면 바로 자국으로 끌고 가서 조용히 처분한다.

'다른 나라도 그런데 하물며 한국은 어떻겠어?'

얼마 후 이 사건이 터졌을 때 한국 정부는 눈 딱 감고 '한국에는 그런 조직이 없습니다.'라고 주장했지만 누구도 믿지 않았다.

왜냐하면, 실제로 그럴 가능성이 없기 때문이다.

유럽이나 미국 등지에도 존재하던 곳이 한국에만 없다?

다른 나라보다 훨씬 중국인 숫자가 많고 훨씬 가까우며 훨씬 반중 감정이 심한 한국에?

그럴 리가 없다.

"애초에 말이야, 그랬으면 과거에 내가 한 작전이 실패했어야 하지."

"과거에 한 작전?"

"중국인 집성촌을 와해한 거."

"아하!"

한 지역에 중국인이 몰려들고 치안이 박살 나고 그들이 모여서 역으로 한국인을 억압하는 행동을 저지르자 노형진은 그곳을 와해했다.

그 방법은 간단했다.

바로 중국인들이 서로를 의심하게 만드는 것.

실제로 반중국 발언을 한 사람들의 상당수가 갑자기 중국으로 돌아갔고, 일부는 소리 소문 없이 실종되었다.

"정말로 그런 조직이 없다면 그건 절대로 불가능하지."

만일 그런 조직이 없다면 한국에서 반중국 발언을 한다고 해도 중국 정부가 알 리가 없거니와, 안다고 해도 그를 잡아갈 방법이 없다.

설사 걸린다고 해도 한국에 망명 신청을 하거나 하지 절대로 자발적으로 중국으로 돌아가지는 않을 거다.

"그걸 그냥 둔다고?"

"공식적으로는 자발적인 귀국이니까."

물론 그를 따라가는 중국 요원이 뒤통수에 총을 들이대거나 돌아가지 않으면 가족들을 죽이겠다고 협박할 테니 저항할 방법은 없었을 것이다.

"그랬나?"

　전혀 모르고 있었던 것은 서세영뿐만 아니라 김성식도 마찬가지였던지 그도 놀라는 눈치였다.

"용케 한국인은 안 끌고 갔나 보네?"

"그건 진짜 전쟁하자는 소리니까."

　자국민이야 중국에 있는 가족을 미끼 삼아서 강제로 끌고 갈 수 있지만 한국인에게 그런 짓을 했다가는 도리어 그가 경찰에 신고할 거다.

"물론 더 극단적으로 나가면, 반중국 발언을 하는 한국인에 대한 암살 시도가 있을 수도 있겠지만."

　하지만 아무리 중국이라고 해도 그 정도까지는 할 수 없다.

　적성국도 아니고, 그런 일이 계속 벌어진다면 누구도 중국 정부를 믿지 않을 테니까.

"중요한 건 그거야. 그런 건 국제법상 절대 해서도 안 되는 일이라는 거."

　설사 그게 한국 정부라고 해도 말이다.

"하지만 오빠 말대로라면 필리핀에 있는 놈을 데리고 올 방법이 없다는 소리잖아."

"현실적으로는 그렇지."

필리핀 정부에서 그를 잡기 위해 전국을 이 잡듯이 뒤질 리는 없으니까.

"그러면 어쩌라고?"

"간단해. 돈이 해결할 문제인 거지."

"돈?"

"그래. 말했잖아. 필리핀은 한국과 범죄인인도 조약이 있는 나라야. 잡힌다면 한국으로 송환이 가능해지지. 관건은 그놈을 잡는 게 경찰만 가능한 건 아니라는 거지."

노형진은 씩 하고 웃었다.

"누군가에게는 남의 목숨보다 내 돈이 중요해. 그래서 사기를 치고 다른 나라로 도망가는 거지. 그런데 그 나라에는 과연 그런 놈들이 없겠어?"

도리어 가난하고 부패한 나라인 필리핀에는 그런 자들이 더 많을 거다.

"필리핀에서 한번 새로운 사업을 해 볼까? 후후후."

용병 길드는 판타지가 아니다?

필리핀은 고질적인 치안의 부재로 인해 고통받고 있다.

그걸 막기 위해 필리핀은 온갖 방법을 쓰고 있다. 그리고 그중에는 범죄자를 현장에서 사살해도 된다는 황당한 규칙도 있었다.

그만큼 두에른은 극단적인 방법을 서슴없이 쓰고 있었다.

"확실히 범죄자들은 굶어 죽기 직전이죠."

아미한은 자신을 찾아온 노형진의 말에 고개를 끄덕거렸다.

이제 막 판사가 된 아미한이지만 그렇다고 해서 그가 범죄와 관련된 필리핀의 상황을 모르는 건 아니었다.

"어설프게 범죄를 저지르기에는 총알이 무섭고, 크게 저지르기에는 급이 안 되죠."

전에는 동네 양아치처럼 가게에 보호비를 요구해도 막을 사람이 없었다.

경찰 입장에서는 별거 아닌 사건이고, 또 부패한 경찰 입장에서는 굳이 범죄자와 싸울 이유가 없었으니까.

하지만 이제는 아니다.

어설픈 범죄자들이 그런 짓을 하다가는 자기가 죽게 생겼다. 경찰이 전처럼 어설프게 못 해 주기 때문이다.

두에른이 천명한 총살 대상에 범죄자뿐만 아니라 부패한 경찰도 포함되어 있는 탓이다.

만일 걸리면 감옥에 가서 죽을 수도 있고 반대로 자기가 뭘 하기도 전에 먼저 총살당할 수도 있는 상황에서, 현재 필리핀 경찰의 어설픈 범죄자들에 대한 자비는 사치가 되었다.

"그러면 그런 사람들은 현재 아무것도 못 하겠네요?"

"그게 문제입니다. 아이디어는 좋았는데 대체할 게 없어요."

그런 두려움 때문에 범죄를 그만두는 놈들이 없는 것은 아니지만 동시에 자포자기 상황에서 막 나가는 놈들도 늘기 시작했다는 것.

그들에게는 굶어서 죽나 총에 맞아 죽나 차이가 없으니까.

아니, 차라리 총에 맞아 죽으면 고통이라도 짧다.

"역시나 그렇군요."

"역시나?"

"네. 그래서 제가 일종의 용병을 고용하려고 하는 거고요."

"용병이라면 민간 군사 기업 말씀이십니까? 두에른이 용납하지 않을 겁니다."

두에른은 자신의 휘하에 있는 사설 군대를 기반으로 권력을 잡은 사람이다.

그런 그가 필리핀 내부에 민간 군사 기업을 용납할 가능성은 크지 않다.

더군다나 마이스터의 민간 군사 기업은 규모가 크다.

막말로 돈 좀 쓰면 필리핀의 국방력을 찍어 누를 수 있는 수준이다 보니 절대로 허락하지 않을 거다.

"아무리 사이가 좀 나아졌다고 해도 그 정도 규모의 민간 군사 기업의 활동을 허락할 나라는 거의 없습니다."

아프리카 국가야 스스로를 지킬 힘이 없다 보니 민간 군사 기업에 기대는 부분이 없잖아 있지만 필리핀의 경우는 중국 같이 극단적인 국가가 덤비지 않는 이상에야 자신을 지킬 힘은 있다.

설사 마이스터 민간 군사 기업이 필리핀에 들어온다고 해도 중국을 대상으로 싸우는 건 불가능한 일이다.

마이스터 민간 군사 기업은 가장 최신의 무기로 3세대를 보유하고 있지만 중국은 4세대를 넘어서 5세대를 보유하고 있으니까.

"아, 오해는 하지 마세요. 그럴 생각은 없습니다. 정확하게는 반대죠."

"반대라고 하시면……?"

"저희 쪽에서 현상금을 거는 술집을 만들 생각입니다."

"술집요?"

"그, 소설에 많이 나오지 않습니까?"

"제가 그런 걸 안 봐서요."

"아아~ 쉽게 말해서 이런 겁니다. 한국에서 도주한 범죄자들에게 현상금을 거는 거죠."

"현상금이라……. 그게 가능할까요?"

"필리핀에는 이미 현상금 사냥꾼이 있는 걸로 알고 있는데요."

그 말에 아미한은 고개를 끄덕거렸다.

사실 필리핀에는 이미 현상금 사냥꾼이 있다.

다만 법적으로 보장된 건 아니고, 워낙 먹고살기 힘든 세상이다 보니 정부에서 현상금을 건 놈들을 목숨 걸고 체포하여 그 수배금을 받는 방식이지만 말이다.

"그런데 그 수배금을 한국에서 거는 게 불법은 아니지 않습니까?"

"그건 그렇죠."

노형진의 말에 아미한은 고개를 끄덕거렸다. 그건 개인적인 문제니까.

물론 '범죄자를 죽여 주세요.'라며 현상금을 거는 건 절대로 해서는 안 되는 불법이다.

"하지만 위치를 알려 달라거나 산 채로 잡아 오라는 건 불법이 아니죠."

산 채로 잡아 오는 건 불법일 수도 있겠지만 그 정도는 협상을 통해 해결할 수 있는 문제다.

두에른과의 관계가 지난번 사건 이후에 많이 좋아지기는 했으니까.

"그거야 저희가 걸면 그만 아닙니까?"

아미한은 이해가 되지 않는다는 듯 고개를 갸웃했다.

현상금을 거는 거? 그건 어려운 일이 아니다.

실제로 알려지지 않았을 뿐 노형진은 여러 번 현상금을 걸어 본 전례가 있다.

그런데 굳이 술집을 하나 만들어서 현상금을 걸겠다니?

"뭐, 로망이죠. 판타지 하면 뭡니까? 술집에서 용병이 일거리 받아서 해결하고 돌아와서 크게 한턱 쏘고 업계에서 전설이 되어 가는……."

"네에?"

아미한은 노형진의 말이 이해가 가지 않는 듯 어이없는 얼굴로 빤히 바라보았다.

하긴, 그는 한국이나 일본의 판타지 작품에 대해 잘 아는 사람이 아니니 그런 반응을 보이는 것도 당연했다.

"하하하, 농담입니다. 설마 진짜 그런 이유로 그러겠습니까?"

'한 30%는 그런 이유지만.'

하지만 그 30%의 이유 때문에 굳이 술집을 차려서 그렇게 행동할 이유는 없다.

"장기적인 문제 때문입니다."

"장기적인 문제요?"

"새론의 필리핀 지점에서 그런 일을 한다면 누가 이용할까요?"

"당연히 한국에서 이용하겠지요. 새론을 통해서요."

"그런데 필리핀으로 도주한 범죄자가 한국인뿐일까요?"

"그거야……. 하긴, 아니긴 하죠."

새론에서 일해 봤기에 그는 안다.

한국에서 얼마나 많은 사람들이 몰려드는지. 그리고 그중에 범죄자가 얼마나 많은지.

문제는, 필리핀의 상황이 워낙 독특하다 보니 전 세계에서 몰려드는 범죄자들의 숫자가 절대로 적지 않다는 거다.

미국에서부터 프랑스, 영국 같은 유럽 국가까지, 적지 않은 범죄자들이 필리핀으로 모여든다.

"필리핀은 영어권 국가죠. 그러니까 다른 나라의 범죄자들이 숨기에 너무 편하죠."

동시에 부패한 국가이기 때문에 적당한 돈만 주면 자신의 출국을 막을 수 있다.

그뿐만 아니라 환율도 낮아서, 유럽이나 미국에서 크게 한탕하고 필리핀으로 도주하면 평생을 왕처럼 사는 게 가능하다.

"매년 필리핀에는 수천 명의 범죄자가 입국합니다."

그들을 추적하는 필리핀의 사법 시스템은 전무하다고 봐

도 무방하다.

"그렇군요. 한국뿐만 아니라 다른 나라에서도 이용하게 하겠다는 거군요."

"네."

"하지만 그게 가능할까요? 어설픈 돈으로는 필리핀 사람들도 움직이지 않을 텐데요."

"글쎄요. 필리핀으로 도주하는 놈들이 과연 어설프게 도둑질을 하거나 사기를 친 놈들뿐일까요?"

애초에 필리핀은 살기 좋은 나라는 아니다.

한화로 2천만 원, 3천만 원짜리 사기를 쳐 봐야 필리핀에서 황제처럼 사는 건 불가능하다. 못해도 30억 이상은 사기를 쳐야 가능하다.

"사실 2~3천만 원짜리 사기를 치고 나서 살 거라면 한국이 낫죠."

훨씬 안전하고 안정적이다.

한국 법의 특성상 2천만 원, 3천만 원짜리 사건은 100% 집행유예고, 민사소송에서 져도 돈 없다고 배 째라고 버티면 별 뾰족한 방법이 없다.

물론 한국에서는 노형진이 만든 해외 노동력 근무 회사—좋게 말해서 해외 노동력이지, 사실상 채권을 야쿠자에게 넘기는 회사—가 있기 때문에 피해자가 마음만 독하게 먹으면 사기꾼 인생 조지는 건 일도 아니지만 말이다.

"중요한 건 그거죠. 필리핀으로 도주할 준비를 하고 도주한 시점에서부터, 그리고 본국에서 국제 수배를 내린 시점에서부터 그놈은 절대로 잡범은 아니라는 것."

"그러면 피해자들이 내거는 금액도 커지겠네요."

"네. 상황에 따라 달라지겠지만 아마도 사건의 규모에 비례해서 커질 겁니다."

가령 이번 사건에서 강선팔이 입은 피해는 무려 280억이다.

그가 과연 범죄자를 잡기 위해 한 280만 원쯤 현상금을 걸까?

아니다. 아마 못해도 1억 이상은 현상금을 걸 거다.

"그리고 필리핀에서 1억은 인생을 바꿀 수 있는 돈입니다."

부자로 살 수는 없지만 최소한 작은 가게 하나 열고 느긋하게 남은 삶을 즐길 수 있는 돈이 바로 1억이다.

"문제는 1억이라는 돈이 최소 금액이라는 거죠. 한 1% 정도를 현상금으로 건다면 어떻게 되겠습니까?"

피해액 280억의 1%면 2억 8천만 원.

필리핀의 평균 임금을 생각하면 아마도 목숨 걸고 해 볼 만한 금액일 것이다.

"그게 현상금을 거는 술집을 열어야 하는 이유인가요?"

확실히 그 정도면 다른 나라에서도 현상금을 걸고 체포하려고 하는 사람들이 나타날 거다.

"물론 그거 말고 다른 이유도 있죠."

"뭔데요?"

"새론의 필리핀 지점은 법률 회사입니다. 그런 곳에 범죄자들이 쉽게 다가올까요?"

"아하!"

거칠고 위험하지만 크게 한탕 할 수 있는 기회다.

"그래서 필리핀의 범죄 상황에 대해 물어보신 거군요."

"맞습니다."

돈이 되는 상황을 범죄자들이 그냥 놓치고 싶을까?

그럴 리가 없다.

하지만 그들은 동시에 범죄자인 만큼 새론의 필리핀 지점에 접근하기 애매하다.

"아시겠지만 새론의 이미지가 워낙 강해야 말이죠."

노형진의 말이 아미한은 고개를 끄덕거렸다.

확실히 새론의 명성은 전 세계적으로도 널리 알려져 있기 때문에 범죄 조직이 섣불리 접근하기 쉽지 않다.

"그리고 새론은 로펌입니다. 살벌한 범죄자들이 정보 좀 얻겠다고 매일같이 들락날락하는 건 보기 좋지 않죠."

"그건 맞습니다. 제가 그걸 깜빡했네요."

매일같이 살벌한 범죄자들이 들락날락하는 법률 사무실에 찾아와서 일을 맡기고 싶어 하는 사람은 별로 없을 거다.

"그리고 사실 범죄자를 추적하는 데 도움이 되는 건 갱단 아닙니까? 어설픈 탐정이나, 한탕 해 보겠다고 흉내 내는 애들보다는 차라리 갱단이 낫죠."

"그건 그렇죠."

갱단은 불법적인 요소까지 이용해서 추적한다.

그리고 혼자 또는 서너 명이 팀을 이뤄서 움직이는 현상금 사냥꾼과는 달리 수십에서 수백 단위를 동원할 수 있다.

현상금 사냥꾼이 경험으로 승부한다면, 갱단은 양으로 승부할 수 있는 셈.

"우리는 용병이라는 환상 때문이 아니라 실질적으로 범죄자를 잡을 생각으로 이러는 겁니다."

그러기 위해서는 어설프게 정의로운 척할 이유는 없다.

"술집은 그런 면에서 편하죠."

누가 와도 이상할 게 없고 또 누가 뭘 물어본다고 해도 이상할 것이 없다.

현상금 대상은 벽에 붙여 놓기만 해도 그만이고, 복사해 달라고 하면 한 장 복사해서 내주면 된다. 아니면 미리 잔뜩 인쇄해서 한구석에 쌓아 둬도 되고.

"그리고 결국 그것도 돈이죠."

누군가 잡아 줄 수 있는 인간이 한곳에 있다는 것. 그 자체가 정보가 한곳으로 모일 수밖에 없는 구조다.

"거기서 적지 않은 돈이 모이겠죠."

또한 정보도.

"술집에 모이는 용병이라는 건 단순히 판타지적인 요소를 넘어서 실용성의 문제죠."

물론 한계는 명확하게 해야 한다.

일단 데리고 오는 범죄자는 무조건 살려 와야 한다.

생사 불문이라는 건 판타지 세계에서나 가능한 말이다.

현대사회에서 생사 불문이라는 조건을 붙여 버리면 대부분은 모가지만 따 올 테니까.

그리고 또 하나, 상해도 일정 이상은 넘어서는 안 된다.

살려 오라고 하면 정말 '살려만' 올 수도 있으니까.

"뭐, 그것 말고도 몇 가지 규칙은 있어야 하겠지만 그래도 대충 그 정도만 해도 범죄자 입장에서는 환장할 겁니다."

"그러기는 하겠군요."

"더군다나 그렇게 해야 문제가 생겼을 때 새론에서 책임을 지지 않죠."

일이란 어떻게 될지 모른다.

잡으러 갔는데 자동소총으로 저항이라도 하면 용병이나 현상금 사냥꾼도 본인이 살기 위해 대응해야 할 테고, 그러면 결국 범죄자를 죽이게 될 수도 있다.

만일 새론에서 잡으라고 현상금을 건 거라면 그 책임은 새론이 지게 될 가능성이 크다.

"하지만 술집은 아니죠."

죽이라고 한 것도 아니고, 의뢰를 중간에 알선해 준 것뿐이니까.

물론 새론도 마찬가지이지만, 새론은 대형 로펌이니 알선이 아니라 의뢰로 받아들여 버릴 가능성이 크다.

"확실히 그런 부분이 있기는 하네요."

"그리고 가장 핵심적인 목표는 그놈들이 더더욱 살기 힘들게 만드는 겁니다."

"더더욱 살기 힘들게 만든다고요?"

"만일 100억을 들고 필리핀으로 도망 온 놈에게 현상금이 걸리면 어떻게 될까요?"

"그거야……."

당연히 본인을 지키기 위해 발악할 거다.

그러면 방법은 두 가지다.

하나는 사람이 살지 않는 곳으로 숨는 것.

그렇게 되면 목숨 걱정을 할 필요는 상대적으로 덜할 거다.

하지만 사기 등 범죄를 저지르고 필리핀으로 도망치는 이유는 대부분 자기가 잘 먹고 잘살기 위해서다.

그런데 사람이 살지 않는 촌으로 간다? 그게 무슨 의미가 있을까?

또 다른 하나는 경호원을 고용해 스스로를 지키는 것.

그런데 경호원의 고용 비용은 위험성이 높아질수록 점점 더 높아진다.

스토커 한 명을 막는 것 정도야 얼마 하지 않겠지만 현상금이 걸려 있어서 그에 따른 교전이나 전투 가능성이 높아진다면 당연히 고용 비용이 엄청나게 뛸 수밖에 없다.

어설프게 주먹 좀 쓰는 서너 명 데리고 다녀 봐야 수십 명을 동원할 수 있는 갱단을 이길 수는 없으니 제대로 무장한 군사 기업을 고용해야 한다.

문제는 그런 민간 군사 기업을 1년간 제대로 고용하려면 못해도 4~5억 이상은 가지고 있어야 한다는 거다.

그것도 경호 인원을 두 명 이하로 제한할 때나 그렇고, 인원이나 방탄 차량이 추가된다면 1년에 최소 10억은 줘야 한다.

"돈이 문제군요. 어설프게 도둑질하고 필리핀으로 도주해 봤자 돈이 없어서 오래 못 버티겠어요."

"뭐, 그럴 수도 있지요."

"네? 그게 아닌가요?"

아미한은 노형진의 말에 고개를 갸웃했다.

그가 보기에는 그게 정답 같았다. 그런데 그게 아니라고?

"민간 군사 기업도 정상적인 국가에서 발행한 영장은 거부할 수가 없습니다. 만일 그런 짓을 하면 그 나라에서 영업허가가 취소될 테니까요."

"아!"

경호원이든 민간 군사 기업이든 결과적으로 직장인이고 법의 테두리 안에 있게 된다.

"만일 현상금이 걸려 있다는 게 알려진다면 어떻게 될까요?"

"그날로 계약이 종료되겠군요."

왜냐하면 그건 국제 수배가 떨어진 범죄자라는 뜻이니까.

"만일 갱단이나 현상금 사냥꾼이 직접 체포하려고 하면 분명히 경호원이나 민간 군사 기업이 대응하겠지요."

하지만 경찰을 부르고, 경찰이 정식으로 영장을 집행하려고 하면?

미친 게 아닌 이상에야 어떤 민간 군사 기업도 한 국가의 공권력을 상대로 총을 들 리는 없다.

그건 민간 군사 기업의 업무가 아니라 한 나라의 침략 행위다.

"그러면 정작 민간 군사 기업은 고용 못 하네요?"

"네."

정상적인 기업이라면, 그런 용병 술집에서 현상금이 걸린 놈을 경호 대상으로 받아 주지 않을 거다.

정보를 알아보는 것도 어렵지 않다. 그냥 용병 술집에 전화해서 '이런 이런 의뢰인이 있는데 혹시 수배자냐?'라고 물어보면 그만이다.

"그러면 그놈들은 비정상적인 루트로 경호원을 고용해야 합니다. 그런데 그런 자들을 고용하면 그 끝이 어떨 것 같습니까?"

"그렇군요."

운이 좋다면?

아마도 그놈들이 의뢰인을 질질 끌고 와서 현상금을 챙겨 갈 거다.

사실 그것도 운이 아주아주 좋아야 할 거다. 아마도 99%는 운이 나쁠 테니까.

"99%는 아마도 지독하게 고문당하겠군요."

자칭 경호 팀이라고 고용된 갱단 놈들은 아마도 의뢰인을 어디론가 으슥한 곳으로 끌고 가서 잔인하게 고문할 거다.

범죄를 저지르고 다른 사람 몰래 필리핀으로 온 놈이다.

그리고 다급하게 왔으니 돈은 적당히 감춰 놨을 테고.

즉, 고문해서 찾아내면 그건 자기 돈이 되는 거다.

그리고 그 과정에서 고문당하는 건 그 사기꾼뿐일까? 같이 있다면 가족들도 그 고문을 피할 수 없을 것이다.

"여자 가족이 있다면 이루 말할 수 없이 비참한 꼴을 당하겠죠."

그리고 갱단이 과연 그렇게 돈을 빼앗은 사기꾼 가족을 살려 둘까? 그럴 리가 없다.

"돈을 쓸 수도 없고 안 쓸 수도 없고, 경호도 못 받지만 그렇다고 포기할 수도 없는 애매한 상황이 되는군요."

"맞습니다."

단순히 추적 중이라는 사실은 상대방에게 그다지 큰 압박을 주지 못한다. 돈을 감춰 놨으니까.

그래서 잡힌다고 해도 교도소에서 한 3~4년 살다 나오면 된다고 생각하는 놈들이 넘쳐 난다.

한국만 해도 온 가족이 사기를 치고 다른 나라로 도주했는데, 나중에 자식이 가수가 돼서 한국 방송에 나가자 뻔뻔하게 얼굴을 드러내고는 '이민 올 때 사기를 당해서 너무 고생이 많았다.'라고 떠들기까지 하던 놈들도 있었다.

물론 그들은 자신들에게 사기당한 피해자들에게 사과는커녕 법적으로 지급해야 하는 이자도 주지 않으려고 소송까지 불사했다.

"필리핀에서 그렇게 하다 보면 결국 어느 나라든 마찬가지가 될 겁니다."

베트남에 가든 인도네시아에 가든 결국 추적하는 대상들이 붙기 시작하면 그들은 어디도 가지 못하게 된다.

"범죄인인도 조약이라는 어설픈 방법보다는 확실하게 상대방을 옭아매어 버리는 방법이군요."

"맞습니다."

물론 권력을 등에 업고 사기를 치는 놈들을 상대로는 아무래도 한계가 있기는 할 거다.

하지만 그런 놈들은 단 1%도 안 된다.

"좋네요, 확실히."

설사 실패한다고 해도 노형진이 손해 보는 건 기껏해야 술집 하나 차릴 정도의 돈뿐이다.

"더군다나 이런 건 전국에 만들 이유가 없죠."

물론 미래에는 어찌 될지 모르지만 최소한 필리핀에서 그런 범죄자가 숨을 수 있는 도시는 몇 곳 없다. 한 곳씩 하다 보면 결국 그들은 도망갈 곳이 없어진다.

"나중에는 지방에 가 봐야 결국 마찬가지고요."

아예 전업으로 범죄자를 추적하는 자들이 생긴다면 숨을 만한 지방에 적당한 정보원을 심어 둘 테니까.

"전 국민의 추적 대상이 된다······."

그리고 그걸 새론에서 관리한다면, 아마도 범죄자들이 도 망갈 곳은 지구 어디에도 없게 될 거다.

"한번 시도해 보는 편이 좋겠네요."

"그래서 말인데, 적당한 곳이 있을까요? 바로 구입해서 이 용할 수 있으면 좋겠는데 말이죠."

만들고 홍보하는 건 오래 걸린다.

하지만 이미 그런 인물들이 이용하는 곳이라면 그대로 인 수해서 활용하면 그만이다.

그리고 필리핀에는 이미 그런 현상금 사냥꾼들이 존재한다.

"딱 맞는 곳이 있습니다."

아미한은 씩 웃으며 말했다.

"이번 사건은 재미있을 것 같네요."

"엄청 재미있을 겁니다, 후후후."

⚖

노형진이 소개받은 술집은 필리핀의 수도인 마닐라에 위

치한 곳이었다.

'춤추는 돼지'라는 괴상하고 낯선 이름을 가진 술집.

"춤추는 돼지라니, 이 무슨 판타지스러운 이름이란 말인가."

노형진은 그 이름을 듣고 신기해하며 말했다.

기존에 생각했던 이름도 판타지적인 용병 길드와 비슷한 느낌이었는데, 인수하는 술집마저 판타지적인 이름이라니.

"원래 여기 술집 주인이 돼지 농장을 했답니다."

그런데 대도시로 수용되면서 보상금으로 받은 돈으로 술집을 차리고 상호를 춤추는 돼지라고 지었다고.

"지금도 그 사람이 합니까?"

"네. 하지만 버겁다고 하더군요. 그럴 만도 하죠."

위치가 경찰서 근처고 돈이 넉넉한 사람이 차린 술집이라서 그런지 필리핀에서는 흔하지 않게 주차장까지 넉넉하게 마련되어 있었다.

그렇다 보니 경찰서에서 현상금을 받고 싶어 하는 현상금 사냥꾼들이 들락날락하기 시작했고 실제로 현상금을 받으면 이 술집에서 골든벨, 그러니까 한턱 쏘는 게 일종의 문화가 되어 버렸다고.

"그런데 사업주도 나이가 나이니까요."

생긴 지 30년이 넘은 술집이고 현상금 사냥꾼같이 거친 놈들이 들락날락하다 보니 자잘한 문제가 매일같이 터졌다.

원래 주인은 돼지 농장을 했고 또 성격이 터프한 데다 한

주먹 하는 사람이라 그런 문제가 생길 경우 두들겨 패서 제압하는 것이 가능했지만, 이제는 나이가 먹어서 그것도 힘든 상황.

"그렇다고 자식에게 넘겨주자니, 자식은 완전 샌님이거든요."

자식은 변호사고, 주먹질은커녕 욕설도 제대로 안 해 본 샌님이다 보니 술집을 물려주는 건 불가능.

그래서 아예 매물로 내놨다고.

"그런데 용케 팔리지 않았군요."

"뭐, 위치야 나쁘지 않은데 소문이 파다하니까요."

돈 없는 사람이 사기에는 땅값이 너무 비싸다.

주차장이 작은 것도 아니고 무려 50대 이상을 댈 수 있는 큰 규모이다 보니 술장사하기는 좋은데, 문제는 그런 공간이 필요한 술집은 대부분 소위 성매매를 하는 술집이라는 거다.

"그런데 바로 옆에 경찰서가 있으니까요."

"무슨 소리인지 알겠습니다."

공간을 보고 대형 관광객을 대상으로 술집을 하자니 옆에 있는 경찰서가 걸리고, 그냥 일반인 대상으로 술집을 하자니 필리핀의 경제 상황상 큰돈은 안 되는데 가격이 너무 비싸다.

더구나 이쪽은 관광지 개념이 강한 지역이지 지역 주민들이 사는 지역이 아니라는 것도 문제였다.

"그렇다고 다른 걸 하자니 기본적으로 돈이 많이 들겠네요."

자리 자체는 나쁘지 않기에 누군가 사서 싹 다 밀어 버리

고 건물을 올리는 것도 나쁘지 않은 위치이지만 그러기에는
돈이 너무 많이 든다. 하지만 정작 돈이 있는 사람이 관심을
보일 만한 위치는 또 아니라는 것.

"사무실로는 괜찮을 것 같은데요."

"뭐, 그런 시도가 없었던 건 아닙니다. 하지만 여기 손님
들이 워낙 거칠어야지요."

일부 사람들이 관심을 보이고 땅을 보러 왔다가 거친 손님
들에게 질려서 도망갔다고.

"뭔 소리인지 알겠습니다."

노형진이 만들려고 하는 일종의 용병 길드 비슷한 느낌의
술집이 바로 이곳이었다.

어차피 현상금 사냥꾼도 모이는 공간이 있어야 하니까.

그런데 그런 놈들은 거칠 수밖에 없고, 그 때문에 술집을
밀어 버리려 하는 사람들에게 그들이 웃으며 대해 줄 리가
없었다.

여기가 없어지면 그들은 정보를 접하기 힘들어지니까.

물론 다른 나라에서는 그들의 권리 따위는 신경 쓰지 않아
도 된다.

한국만 해도 그런 건 문제가 되지 않는다.

그저 손님일 뿐이니까.

하지만 다른 곳도 아닌 필리핀이기에, 최악의 경우 그들이
물리적 행동을 할 가능성에 대해 무시할 수 없어서 꺼림칙한

사람들은 아예 손대지 않는 편이었다.

"그런 면에서 우리가 쓰는 데에는 전혀 문제없겠군요."

"맞습니다."

물론 가게를 지키기 위한 경비원은 고용해야 할 거다. 그것도 상당히 강한 사람으로.

필요에 따라서는 무장도 시켜야 할 테고 말이다.

"뭐, 그거야 상관없죠."

노형진은 씩 하고 웃었다.

⚖

계약은 금방 이루어졌다.

주인도 나이를 먹으면서 하루하루 거친 놈들과 드잡이질하는 게 힘들었고, 노형진은 업장을 크게 바꿀 필요가 없었으니까.

그리고 주인이 바뀌고 새롭게 열린 술집에서 가장 먼저 터져 나온 사건은 역시나 기선 제압을 위한 소란이었다.

쾅!

부서지듯이 내려쳐지는 잔. 그리고 불만을 가진 듯 이죽거리는 한 남자.

"맥주가 미지근하잖아!"

"그럴 리가 없지. 지금 막 냉장고에서 꺼낸 건데."

"지랄. 냉장고에 안 넣어 둔 거 아니야? 아니면 냉장고가 고장 났든가."

"어제까지 멀쩡하던 냉장고가 고장 났을 리가 없지. 그리고 어제 퇴근하면서 채워 놓은 놈이야, 그거."

"지랄하지 말고 새거 내놔! 이건 완전 말 오줌만도 못하잖아."

"거의 다 처먹고 뭔 개소리야?"

이 술집의 주인은 노형진이지만 당연히 그가 직접 관리할 수는 없었다. 그랬기에 노형진은 적당한 사람을 물색해서 고용했다.

그런 사람들을 고용하는 건 어렵지 않았다.

필리핀에는 격투기를 한 사람들이 제법 많으니까.

그리고 이안이 딱 그런 사람이었다.

"불만 있으면 그것만 먹고 꺼져. 대신에 다시는 내 술집에 들어올 생각 하지 말고."

"뭐?"

"아니면 그것보다 낫다는 말 오줌이라도 처먹여 줄까?"

이안은 필리핀에서 무에타이를 배운 선수 출신이었다.

재능이 아주 출중해서 국가 대표까지 했지만 그걸로 먹고 살 수는 없었다.

돈이 있었으면 무에타이 체육관이라도 차렸겠지만, 그에게는 그럴 만한 돈이 없었다.

와중에 성질을 죽이지 못하고 욱해서 갱단과 싸움이 붙었고, 국가 대표 자격마저 박탈당하고 말았다.

결국 이안은 먹고살기 위해 일당직 노동을 생각하고 있었는데, 그때 마침 노형진이 그에게 접근했다.

이안의 뛰어난 무력과 지지 않는 깡은 이런 술집을 운영하는 데 있어서 최적의 요소였던 것이다.

"푸하하하! 한 방 먹었네."

"어이, 말 오줌 먹을래, 아니면 나갈래?"

"이야, 이거 누가 이기냐?"

술집 주인이 바뀌었다고 하니 기선 제압하겠다고 설레발치던 놈은 얼굴이 시뻘게졌다.

"이 개새끼가 뒈지려고!"

현상금 사냥을 하려고 하는 놈이 멀쩡할 리가 없다.

그는 대번에 품에서 권총을 꺼내 들었다.

하지만 다음 순간 움찔했다.

탕!

한쪽에서 들린 총소리.

실탄은 아니고 공포탄이었지만 그것만으로도 사람들의 주의를 환기시키기에는 충분했다.

"어이, 그거 그대로 반납하지 않으면 대가리를 날려 주지."

경호원은 총을 겨누면서 으르렁거렸다.

"분명 경고했을 텐데. 들어올 때 무기는 입구에다가 맡기라고?"

주인이 바뀌면서 새로 생긴 규칙이 바로 무기는 입구에 있는 경비실에 맡기라는 것이었다.

그 안에는 두께 5센티미터짜리 금고가 여러 개 설치되어 있었는데, 그 안에 무기를 보관하지 않으면 술집에 들어올 수가 없었다.

그런데 이자는 총을 가지고 들어왔다.

물론 장총 같은 건 당연히 걸리겠지만 저런 작은 권총 같은 건 몰래 들여올 수도 있었기 때문이다.

또한 바로 그 이유로 경호원이 술집에 상주하고 있었다.

"씨팔……."

"그거 내려 둘래, 아니면 어디 총질 한번 해 볼래?"

기선 제압해 보겠다고 설레발치던 남자는 똥 씹은 얼굴로 권총을 경비에게 내밀었다.

그러자 이안이 그걸 받아 챙기면서 말했다.

"나갈 때 찾아가."

"염병."

하지만 어쩔 수가 없었다. 누가 봐도 자신이 불리했으니까.

총을 든 경비만 있는 게 아니라 사방에 CCTV가 달려 있는 곳에서 도망가거나 저항하는 건 불가능했다.

더군다나 강제로 빼앗는 것도 아니고 이따 준다는데 안 줄 수도 없었다.

"그건 그거고 벌은 받아야지."

이안은 히죽 웃으면서 손가락을 들어 벽에 걸린 황금 종을 가리켰다.

"울려."

"야, 지금 여기서 술 처먹는 새끼들이 몇인데……!"

"그래서, 싫어? 그러면 후회할 텐데?"

"영구 출입 금지라 이거냐?"

"아니, 그 정도까지는 아니고. 하지만 큰 건이 있단 말이지."

"큰 건?"

남자가 호기심을 보이자 이안은 히죽 웃으며 말했다.

"울려."

"니미럴."

결국 그는 울며 겨자 먹기로 황금 종에 다가가 댕댕거리면서 종을 쳤다.

그러자 사방에서 환호성이 울려 퍼졌다.

"이야, 잘 먹을게!"

"기선 제압한다고 설치더니 진짜로 종 치네."

황금 종을 친다는 건 지금 이곳에 있는 사람들의 술값을 자기가 내겠다는 의미였기 때문에 남자는 똥 씹은 얼굴이 될 수밖에 없었다.

하지만 그 덕분에 공포탄이라지만 총까지 쏴서 살벌해졌던 분위기가 한결 가벼워졌다.

"큰 건이 뭔데?"

"계산부터."

결국 그는 자신의 카드를 내밀었고, 무려 140달러가 결제되는 걸 보고 눈물을 흘리면서 이를 박박 갈았다.

평균 월급이 1만 7천 페소인 나라에서 140달러(약 7,700페소)면 거의 한 달 월급의 2분의 1 정도 되는 돈이니까.

"뭔데?"

"집중!"

이안은 흥청망청하는 사람들에게 소리를 질렀다.

하지만 술에 취한 사람들은 당연하게도 들은 척하지도 않았다.

"집중!"

다시 한번 외쳤지만 반응이 없는 사람들.

그러자 이안은 어깨를 으쓱했다.

사실 이럴 거라는 건 노형진에게서 이미 들어서 알고 있었다.

노형진이 겪어 본 건 아니지만 술집에서 가뜩이나 시끄러운 상황에 술 취한 사람들이 학생도 아닌데 집중할 리가 없으니까.

"이거야 원."

그는 고개를 절레절레 흔들며 카운터로 걸어가 컴퓨터로 뭔가를 켰다.

그 순간 음악이 꺼지면서 사이렌이 울렸다.

"뭐야?"

"이게 뭐야, 시끄럽게!"

다들 술맛 버렸다는 얼굴로 카운터를 바라보았다.

이안이 크게 외쳤다.

"집중!"

"우리가 애냐?"

"빨리 떠들어!"

"술 더 마시면 후회할 텐데?"

"미친. 술집에서 술 더 처먹으면 후회할 거란다."

"새 사장 놈은 미친놈인가?"

"진짜 그럴지도?"

노형진이 사장이지만 그 사실을 모르는 손님들은 이안이 사장이라 생각했다.

더구나 처음 하는 놈치고는 너무 잘하니까 진짜 미친놈이라고 생각하고 있었다.

"진짜로 후회한다. 이거 잘 봐."

"뭘?"

"빔 프로젝터 말이야."

그사이 벽 한쪽에 하얀 천이 내려오고 사방에 설치되어 있는 텔레비전에서도 같은 화면이 나오기 시작했다.

"주인이 바뀌었으니 시스템도 좀 바꿨다."

"이게 뭔데?"

"보면 알아, 이것들아."

이윽고 화면에 어떤 사진이 송출되기 시작했다.

검은 머리에 검은 눈동자. 전형적인 동아시아계의 남자였다.

이름 : 김진필

나이 : 48세   국적 : 한국

키 : 172센티미터   몸무게 : 88킬로그램

사진과 함께 뜨는 다양한 정보들.

그걸 보면서 누군가 이죽거렸다.

"뭐야? 맞선이라도 하냐?"

"그럴 거면 여기가 아니라 여자들이 있는 곳에서 했어야지."

천천히 나오는 화면에 다들 피식 웃었지만 마지막 부분에

적힌 문구에 모두의 입가에서 웃음기가 사라졌다.

현상금 15만 달러. 단, 생존 시. 부상은 경미한 경우에만 지급.

발견 시 직접 체포하는 것뿐만 아니라 경찰에 신고해서 경찰이 체

포한 경우도 인정됨. 중개 수수료 10%.

"뭐야? 15만 달러?"

15만 달러. 한화로는 2억 가까이 되는 큰돈이다.

"미친? 이걸 준다고?"

"다 주는 건 아니야. 아래 봤지? 수수료 10% 떼고 준다."

"어찌 되었건 준다는 거 아냐!"

"준다고. 누가 안 준대?"

이안은 시큰둥하게 말했다.

"이미 돈은 들어와 있어. 너희들이 곱게 잡아 오면 돈도 곱게 너희 돈이 되는 거지."

"진짜로?"

"내가 가게 오픈 첫날부터 이딴 장난을 칠 것 같아?"

이안은 시크하게 말하면서 손가락으로 사람들이 별로 없는 벽을 가리켰다.

그쪽에는 어느 틈엔가 간이 테이블이 하나 놓여 있었는데, 그 위로 출력된 현상금 전단지가 잔뜩 쌓여 있었다.

"현상금 15만 달러. 살려서 끌고 와. 한국에 송환할 범죄자니까 크게 다치면 안 돼."

"이런 씨입!"

아까만 해도 비웃던 손님 중 일부는 진짜로 후회했다.

술 더 먹으면 후회할 거라더니 정말이었다.

술 진탕 처먹었는데, 그게 깨려면 하루는 걸릴 테니까.

그만큼 다른 놈들보다 하루 늦게 추적을 시작할 수밖에 없었다.

"오웨에엑!"

"야, 이 새꺄!"

누군가 손가락을 입에 넣고 강제 구토를 하기 시작했고,

이안은 그걸 보고 기겁했다.

사실 이건 그도 노형진도 생각하지 못한 부분이었으니까.

"오웨에엑!"

"우에에엑!"

한 놈이 시작하자 다른 놈들도 연이어 그 짓거리를 시작했고, 아까 전 골든벨을 울린 남자는 눈치를 보다가 가장 먼저 현상금 전단지를 챙겨 들고 잽싸게 나갔다.

시비 터느라고 술을 거의 안 마셔서 완전 멀쩡했던 것이다.

"이런 쓰펄."

"차 키 내놔!"

"음주 운전 금지야! 차 키 안 줘."

"쓰펄."

오바이트를 하던 놈들은 다급하게 입안을 남은 술로 헹구고는 밖으로 튀어 나갔다.

텅 비어 버린 술집에 가득한 토사물을 보면서 이안은 이를 악물었다.

"염병. 이걸 어떻게 해야 하나?"

수십 곳의 토사물을 치울 생각에 이안은 짜증이 팍 밀려왔다.

꼭꼭 숨어라. 머리카락 보인다

현상금 15만 달러. 그 소문은 빠르게 퍼지기 시작했다.

안 퍼질 수가 없었다.

당연히 현상금 추적을 하던 현상금 사냥꾼뿐만 아니라 어설픈 갱단, 심지어 그냥 집에서 놀던 놈들까지 몰려와서 전단지를 달라고 아우성이었다.

"지금은 공짜로 뿌리지만 장기적으로는 유료로 돌려야지요."

"진짜 용병 길드를 만들려고요?"

"체계적으로 바꾸려고 하는 겁니다. 개나 소나 자격 없는 놈들까지 설치기 시작하면 진짜 피 볼 수도 있으니까요. 그리고 체포 방법도 바꿔야 하고."

지금이야 직접 잡아 오라고 했지만 계속 그럴 수는 없다.

장기적으로는 직접 체포보다 발견하면 경찰에 신고하게끔
해야 한다.

　　진짜 최악의 경우 총격전이 일어날 수도 있으니까.

　　"지금이 무슨 서부 시대도 아니니까요."

　　전화 한 통이면 경찰이 날아오는데 굳이 현상금 사냥꾼이
싸울 이유는 없다.

　　더군다나 죄다 자동소총으로 무장한 경호원들이 지키고
있는 놈이라면 더더욱 서로가 위험해진다.

　　체포가 목적이기에 경찰에 신고하는 것만으로도 현상금
사냥꾼의 업무는 끝난 거고, 그 후에 한국에 돌려보내는 건
어디까지나 경찰의 업무다.

　　"중요한 건 그들이 신고했다는 거죠."

　　"그나저나 15만 달러라니, 한국에 있는 의뢰인이 화가 단
단히 났군요."

　　한국 돈으로 치면 무려 2억 원.

　　강선팔은 노형진의 권유에 이를 박박 갈면서 그 돈을 걸었다.

　　그에게는 큰돈이 아니지만 그렇게 하면 놈을 잡을 가능성
이 커지니까.

　　"모든 사람이 다 이만큼 걸 수는 없겠지만 그래도 보통 1
만 달러 이상은 걸 수 있을 겁니다."

　　그리고 그 정도면 필리핀의 갱단이나 현상금 사냥꾼들을
움직이기에 충분할 테고 말이다.

"다만 소문을 듣고 어설프게 오는 애들은 장기적으로 쳐내야 합니다."

"그건 그래야지요. 애초에 그런 애들이 범죄자들을 찾을 수 있는 가능성 자체가 거의 없다시피 한데요, 뭘."

하지만 현상금 사냥꾼들이나 갱단은 다르다.

그들은 범죄자들이 어떤 곳으로 숨어드는지 잘 알 테니 결국 범죄자는 그들의 추적을 피할 수 없게 될 거다.

"남은 건 기다리는 것뿐이군요, 후후후."

노형진의 예상대로 김진필은 쉽게 특정되었다.

사실 그럴 수밖에 없었다.

그는 필리핀에서 제법 화려한 집을 빌려서 살고 있었기 때문이다.

그리고 경호 업체에서도 그 사실을 김진필에게 알릴 수밖에 없었다.

"현상금?"

"네. 당신한테 15만 달러의 현상금이 붙었습니다."

"아니, 왜? 대체 왜 나한테……?"

"모르죠. 아는 거 있습니까?"

"……."

그 말에 김진필은 아무런 말도 못 했다. 모를 리가 없으니까.

하지만 그렇다고 해서 그걸 인정할 수는 또 없다.

"난 몰라!"

"경찰은 다른 이야기를 하던데요."

일반적으로 계약을 할 때 고용인에 대해 경찰에 문의하지는 않는다.

어쩔 수가 없는 게, 경호 업무를 맡긴다는 것 자체가 어떻게 보면 자신에게 구린 면이 있다는 걸 인정하는 결과이기 때문이다.

그렇다 보니 그냥 넘어간다. 보통은 말이다.

'하지만 이번에는 아니지.'

단순히 갱단끼리의 분쟁, 또는 경쟁자의 위협 같은 거라면 상관없다.

하지만 무려 15만 달러라는 돈이 걸려 있는 범죄자다.

이 인간이 한국에서 뭔 짓을 저질렀는지는 모르지만 한 가지는 확실하다.

상당히 위험한 짓을 저질렀다는 것.

그렇지 않고서야 누가 개인적으로 15만 달러라는 막대한 돈을 건단 말인가?

"저희한테 말씀해 주셔야겠습니다만."

한국에서 뭔가 위험한 짓을 저질렀다? 그래, 거기까지야 이해한다고 치자.

하지만 그 돈 때문에 다른 갱단이 들러붙는다면 이야기가 달라진다.

이미 15만 달러라는 돈 때문에 이런저런 갱단들이 추적하고 있다는 소문이 그득하다.

경호원은 누군가를 지키는 직업이지, 누군가를 위해 죽어주는 직업이 아니다. 그 두 가지는 전혀 다르다.

"아무것도 문제없다고!"

김진필은 고래고래 소리를 질렀다.

그럴 수밖에 없었다. 세상의 그 누구도 자기 죄를 쉽게 고백하지는 않으니까.

하물며 그는 필리핀에 있는 사람들을 자기 아래에 있는 인간들이라고 생각하고 있었다.

그런데 그런 놈들에게 자기 죄를 고백한다? 그럴 수는 없었다.

그랬기에 김진필은 극단적인 방법을 선택했다.

"씨팔! 꺼져! 너희는 해고야!"

"해고라고요?"

"그래, 이 새끼야! 너희는 해고야!"

감히 자신을 추궁하려 든다 싶은 그는 경호 업체를 잘라 버리기로 했다.

그 딴에는 그들을 자르고 다른 사람을 고용하면 된다고 생각했기 때문이다.

하지만 그가 예상하지 못한 부분이 있었다.

"알겠습니다. 그러면 우리도 당신에 대한 의무를 더 이상 이행할 이유가 없군요."

"그래! 당장 내 집에서 꺼져!"

"뭐, 금방 나갈 겁니다."

금방 나갈 거다. 하지만 '지금은' 아니었다.

자리에서 일어난 경호원은 시선을 돌려서 뒤에 있던 부하에게 말했다.

"경찰에 전화해라, 여기에 김진필 씨를 모시고 있다고."

"네, 대표님."

"뭐?"

그 말에 김진필은 멍해졌다.

그런 그에게 경호원이 느긋하게 말했다.

"말하지 않았습니까? 당신에게 15만 달러의 현상금이 붙어 있다고. 그 정도 돈이면 신고할 만하지요."

"그, 그런……."

"우리가 당신을 신고하지 않은 이유는 당신이 우리의 고용인이기 때문이었습니다."

아무리 생각해도 고용된 입장에서 고용인을 섣불리 신고할 수는 없다.

그건 명백하게 직업 논리상 잘못된 행위니까.

그리고 그런 행동을 하는 경우에는 분명히 나중에 문제가 생긴다.

"하지만 당신은 우리를 잘랐죠."

그리고 그 덕분에 이제 김진필에게 의무도, 책임도 없다.

무려 15만 달러. 한화로 약 2억.

1년 내내 누군가를 목숨 걸고 지켜 줘도 벌지 못하는 돈이다.

"이런 씨팔!"

뭐가 잘못된 건지 알아챈 김진필은 도망치려고 했다.

하지만 그가 도망칠 길은 없었다. 이미 다른 경호원들이 주변을 에워싸기 시작했기 때문이다.

이제 그들에게 있어서 김진필은 경호 대상이 아니라 먹음 직스러운 돼지일 뿐이었다.

"자, 잠깐…… 실수했어. 그래, 내 실수야. 취소할게."

"아닙니다. 이미 늦었어요."

"아, 아냐. 미안해. 다시 고용할게. 두 배, 아니 세 배를 줄 테니까……."

"거절하겠습니다."

지금이야 아직 다른 갱단이 냄새를 못 맡았다지만 그게 언 제까지일지는 아무도 모른다.

설사 운이 좋다고 해도 이미 경찰이 올 텐데 자신들이 그 앞을 막아서는 안 된다.

여기는 필리핀이니까.

한국처럼 경찰과 검사를 막아도 처벌받지 않고, 기업이 강력한 힘을 발휘하는 나라가 아니다.

한국에서는 직원들을 동원해서 검찰과 경찰을 막아도 아무런 보복도 돌아오지 않지만, 필리핀에서는 경찰을 막으면 총알이 날아오고 그들을 꺾으면 군대가 장갑차와 탱크를 끌고 온다.

목숨을 버리며 국가와 싸울 것이냐, 아니면 국가에 신고하고 막대한 보상금을 받을 것이냐.

애초에 이건 고민의 여지 자체가 없는 말이었다.

"미안해. 내가 잘못했어."

김진필은 후회하면서 싹싹 빌었다.

하지만 경호원들은 딱히 그가 불쌍하다는 생각 따위 하지 않았다.

'우리한테 지랄할 때는 언제고.'

자신들은 그의 부하나 노예가 아니다. 하지만 김진필은 자신들을 그렇게 대했다.

경호원은 필요한 시점에 필요한 위치에 있어야 한다.

그런데 김진필은 그들을 노예처럼 대하면서 이것 사 와라 저것 사 와라 갑질을 하고 마구 부려 먹었다.

거절하면 온갖 쌍욕을 하기도 했다.

한국어로 욕하기는 했지만 이미 씨팔이니 조또니 하는 한국어 욕은 전 세계적으로 널리 알려진 상황이고 심지어 일부에서는 그대로 사용되기까지 하는 만큼 그들이 못 알아들을 리가 없었다.

더군다나 그들의 고용인 중에는 한국인들이 제법 많았기에 그 이상의 욕도 이미 알고 있었다.

그런데 이제 와서 잘못했다고 빈다고 봐준다? 애석하게도 이들은 그럴 생각이 없었다.

"그냥 계세요. 경찰 금방 옵니다."

"제발……."

"그냥 계시라고요."

김진필은 자신이 도망갈 수 없다는 사실에 소름이 돋았다.

그렇다고 포기할 수도 없는 노릇.

그는 눈치를 보다가 대표의 반대쪽으로 내달렸다. 잡히면 안 되니까.

가장 체구가 작은 경호원을 제치고 도망갈 생각이었다.

하지만 그건 도리어 그 경호원의 방어를 야기했다.

그는 김진필이 달려오자 그대로 붙잡아서는 메쳤고, 김진필은 '쿵!' 하는 소리와 함께 바닥을 나뒹굴었다.

김진필의 눈앞에 별이 어른거렸다.

그사이에 경호 업체 대표가 다가왔다.

"그냥 계시라니까요."

"아악!"

손목에 느껴지는 강력한 조임.

대표는 수갑을 쓸 수 없기에 그 대신에 가지고 다니던 케이블 타이를 이용해 강제로 뒤로 돌린 김진철의 손목을 묶었다.

"거참, 가만히 계시라니까."

"놔! 아아악!"

"너 같으면 놔주겠냐?"

그 순간 울리는 사이렌.

그 소리를 들은 대표는 미소를 지으며 말했다.

"이번 보너스는 다들 기대해도 될 거다."

"대표님 만세!"

그 말을 알아들은 사람 중에서 울상이 된 사람은 단 한 사람, 김진필뿐이었다.

김진필은 필리핀의 경찰에 빠르게 체포되었다.

하지만 그는 노형진의 예상대로 움직였다.

"변호사를 선임했더군요."

"그건 당연한 거니까요."

범죄인인도 조약이 성립되어 있다고 해도 잡히면 바로 넘겨주지는 않는다.

일단 재판부를 통해 판단하고 나서 넘겨주도록 되어 있다.

정확하게는 그 과정을 거쳐서 그 나라에서 범죄인의 신병을 요구하는 이유가 정상적인지 판단하는 거다.

예를 들어 범죄인인도 조약을 맺은 두 나라 중 한 나라에서 정권이 바뀌면서 갑자기 전에는 죄가 아니었던 것, 가령 특정 정치 성향이 불법이 되어 도피자를 인도해 달라 하면 들어줘야 할까?

당연히 아니다. 민주국가에서 남과 다르다는 이유로 상대방을 공격하는 것은 불법이니까.

이런 경우는 제법 많은데, 문제는 정권이 바뀐 거지 나라가 바뀐 게 아니기 때문에 범죄인인도 조약은 여전히 비준된 상태라는 것.

그러니 그 나라에서 자기 정권에 방해가 될 만한 사람들에게 무차별적으로 체포 영장을 발부하고 넘기라고 지랄할 수도 있는 일.

그 때문에 아무리 국제 수배, 소위 적색 수배가 내려져 있다고 할지라도 심사는 무조건 이루어진다.

"문제네요, 이거."

그도 그럴 게 송환을 막기 위한 심사도 재판이라 모든 재판과 마찬가지로 세 번 할 수 있다.

그리고 1심부터 3심까지 가는 데 걸리는 시간은 보통 5년.

"물론 그 시간이 지나도 처벌이야 할 수 있겠지만."

처벌할 수야 있다.

법적으로 범죄를 면할 목적으로 해외로 튀는 경우는 공소시효가 멈추기 때문이다.

"하지만 그렇게 기다릴 수는 없죠."

일단 피해자들이 너무 힘들어한다.

강선팔이야 돈도 좀 있고 부족할 게 없는 사람이니 어쨌든 놈이 잡히기만 해도 느긋하게 기다리다가 들어와서 인생 조지기를 바라겠지만 대부분의 피해자들은 그럴 심적인 여유도, 재산적인 여유도 없다.

"그렇다고 해서 우리가 그들의 권리를 막을 방법은 없습니다."

그들이 권리를 행사하는 걸 막는 건 아무래도 법적으로 불가능한 일이었다.

"그렇다면 다른 방법을 찾아야지요."

"다른 방법?"

"간단합니다. 그가 한국으로 보내 달라고 하게 하면 되지 않습니까?"

"하지만 어떻게요?"

그 말에 노형진은 어깨를 으쓱했다.

물론 다른 나라는 불가능하다. 하지만 필리핀은 가능하다.

"한번 풀어 주죠."

"네?"

"한번 풀어 주자고요, 후후후."

⚖

필리핀에는 한국인들이 많다. 그리고 그중에는 상당히 비틀린 존재들도 있다.

물론 그들의 첫 목적은 그다지 비틀린 것이 아니었다. 어떻게 보면 선하다고 할 수 있었다.

외교부가 나서서 국민들을 보호하지 않고 방치하던 시기.

억울한 누명을 쓴 한국인들을 보호하기 위해 움직이던 조직이었으니까.

하지만 원래 조직이라는 게 그렇다.

소위 강성이라고 하는 놈들이 존재감을 드러내기 쉬운데, 당연하게도 그런 강성이 권력을 잡으면 시스템이 개판이 된다.

세상은 강성만으로는 살아갈 수 없다. 때로는 타협과 협조도 필요하다.

하지만 소위 강성이라고 하는 놈들은 그걸 싫어한다.

왜냐하면 타협과 협조 그리고 정상적인 판단은 자신의 정치적 입지를 약화시킨다고 생각하기 때문이다.

그리고 필리핀에 있는 한국인 보호를 위한 애국자 회의, 소위 필리핀한인애국회는 그렇게 뒤틀린 놈들이었다.

처음에는 인권 단체로서 보호받지 못하는 사람들을 도와주기 위해 생겨났지만 새론이 지점을 내고 그 업무를 수행하자 후원과 지원이 끊기며 존재감이 사라졌고, 이후 극단적 성향을 드러내기 시작했다.

그리고 그들은 이제 과거와 다르게 억울한 존재가 아니라 진짜 범죄자들도 보호해야 한다고 게거품을 물었다.

물론 한국으로 돌려보낸다는 계획이 나쁜 건 아니다.

그곳에서 제대로 처벌받으면 문제가 안 되니까.

문제는 그들이 그런 행동 논리로 움직이는 게 아니라는 거다.

"당장 김진필 씨를 석방하라고 하세요!"

주필리핀 한국 대사인 수모린은 머리가 아파 왔다.

아직도 노형진 때문에 머리가 아파 죽겠는데 갑자기 필리핀한인애국회라는 놈들이 쫓아와서 난리를 쳐 대니까.

"미안한데 그의 재판을 막을 수는 없습니다."

"하지만 억울한 피해자를 풀어 줘야지요! 이건 명백히 국민을 버리는 행위입니다!"

"아니, 국민을 버리는 행위가 아니라, 김진필 씨는 이미 적색 수배 대상이란 말입니다."

"증거 있어요?"

"네?"

"증거, 아니 유죄로 확정판결이 났냐 이겁니다."

"당연히 아니죠."

아직 재판은 시작도 하지 않았다.

적색 수배가 내려진 이유가 뭔가? 그를 체포해서 한국으로 송환해 재판하기 위해 아닌가?

그런데 유죄판결이 확정됐을 리가 없다.

"대사라는 사람이 무죄 추정의 원칙도 몰라요?"

"맞아요!"

"억울하게 체포된 김진필 씨를 석방하게 외교적 압력을 다 하세요."

"억울한 사람이 아니라니까요."

수모린은 기가 막혔다.

셋업 범죄라면 모를까, 그는 한국에서 범죄를 저지르고 도피한 범죄자다. 그런데 그런 그를 풀어 주라니.

"풀어 주세요!"

"대사관은 각성하라!"

"하다못해 불구속 수사라도 받게 해 주세요!"

들고일어나는 필리핀한인애국회 인간들을 보면서 수모린은 속에서 열불이 터졌다.

'씨팔, 돌겠네.'

"풀어 주지 않으면 한국 언론사에 이 사실을 알리겠습니다."

그 말에 수모린은 사색이 되었다.

물론 김진필은 범죄자다. 당연히 자신들이 손해 보거나 할 일은 없다.

하지만 언론에 나가는 건 문제가 된다.

언론은 그가 범죄의 가해자라는 것보다는 자신들이 일을 하지 않는다는 쪽에 더 초점을 맞출 테니까.

그렇잖아도 한국은 연일 법적인 규정이 없다는 이유로 아예 국민들의 보호를 포기한 대한민국 외교부에 대해 성토하고 있고, 국회의원은 여야를 가리지 않고 이번 회기 중에 관련 규정을 만들겠다고 협동하고 있었다.

일단 아무리 여야가 정치적으로 정적이라고 할지라도 국민 보호 의무가 없다는 쪽에 법적인 힘을 실어 주려고 하는 것 자체가 다음 선거도 내던지고 '우리는 국민을 지킬 의사가 없다.'라는 식으로 행동하는 거니까.

이슈가 안 되었다면 다른 당에 표가 가는 걸 막기 위해서 반대표라도 던져 보겠건만, 이미 이슈가 돼서 그럴 수도 없었다.

그 상황에서 또 그런 일이 벌어지면 자기 인생은 끝이다.

'아니, 이미 인생이 끝나기는 했지만서도.'

일이 이 지경이 되었는데 한국으로 돌아가서 승진하기는 글러 먹기는 했다.

"알겠습니다."

그는 간단하게 생각했다.

김진필이 밖에서 재판받는다고 송환 절차가 바뀌는 것도 아니니까.

"불구속 수사가 가능하게끔 만들어 보도록 하겠습니다."

수모린은 반쯤 포기하고 그렇게 말했다.

⚖

결국 김진필의 불구속 수사가 결정되었다.

아무래도 최근의 사태로 인해 정치적인 압박을 받고 있던 외교부 입장에서는 어떻게 해서든 이번 사태를 축소시켜야 했으니까.

그들에게 있어서 한국에서 고통받고 있는 피해자들은 알 바 아니었다.

오로지 자신들이 욕을 덜 먹어야 한다는 목적 말고는 말이다.

문제는 노형진이 그걸 예상하고 있었다는 것.

"예상대로 불구속 수사가 결정되었네요."

아미한은 결과를 받아 들고 쓰게 웃었다.

노형진은 그런 그를 보면서 고개를 갸웃했다.

"표정이 안 좋으시네요. 무슨 일 있으십니까?"

"아니요. 이 필리핀한인애국회라는 놈들 말입니다, 사실 모르는 사이는 아니거든요."

"모르는 사이가 아니라고요?"

"아무래도 셋업 범죄와 관련해서 일하다 보면 안 엮일 수 가 없죠."

"하긴, 그랬겠네요."

새론이 지점을 낸 이유가 셋업 범죄를 비롯한 여러 범죄에서 한국인을 보호하기 위해서였는데, 필리핀한인애국회 역시 같은 목적을 가지고 만들어졌으니까.

"그런데요? 표정을 보니 그다지 좋은 상황에서 만나신 것 같지 않은데."

"뭐, 그렇죠. 말이 안 통한다고 해야 할까요?"

같은 목적으로 설립되었기에 새론 필리핀 지점에서는 그들과 손잡고 어떻게든 셋업 범죄의 피해자를 구제하려고 했다.

"첫 만남에서 그러더군요, 돈을 달라고."

"돈요?"

"네. 자신들의 활동 자금을 지원해 달랍디다. 웃기지 않습니까?"

"뭔 소리랍니까, 그게?"

이 경우는 정반대여야 한다.

새론은 수익을 내야 하는 기업인 반면 필리핀한인애국회는 그런 거와 상관없는 사회단체다.

그러니 이런 경우 필리핀한인애국회가 피해자가 변호사를 선임하는 비용을 일부 지원해 주고, 새론 필리핀 지점은 그에 호응해서 가격을 할인해 줘야 한다.

그런데 돈을 달라니?

"그러지 않으면 새론과 일 못 한다고 하더군요."

"자기들이 뭐라고요?"

물론 한인 사회에서는 필리핀한인애국회가 나름 힘을 발휘한다고 한다.

문제는 그거다. 한인 사회에서만 힘을 발휘한다는 것.

상식적으로 한인 사회의 누가 셋업 범죄의 피해자가 되는 걸 좋아하겠는가?

당연히 반대할 테고, 그걸 막아 주려고 하는 필리핀한인애
국회를 좋게 볼 수밖에 없다.

"그래서 어떻게 하셨나요?"

"뭐, 일단은 조금 줘 봤죠."

당시에는 새론 필리핀 지점도 초창기라 어떻게 해서든 빨
리 자리를 잡아야 했으니까.

"그랬더니 도와준다면서 한 게…… 후우~."

"뭐였는데요?"

"시위를 해 주더군요."

"시위요?"

"네. 한 열 명 왔던가?"

셋업 범죄의 피해자가 재판을 받던 날, 법원 앞에 한 열 명
쯤 되는 사람들이 와서 한 시간 정도 시위하다가 돌아갔다고
한다.

"뭔 개짓거리랍니까?"

그도 그럴 게 재판 중에 시위하면 과연 재판부에서 알까?

그럴 리가 없다.

일단 재판에 들어가면 판검사들이 외부에 나오지도 않을
뿐더러, 외부에서도 재판에 영향을 줄 수 있는 사항은 그들
에게 알려 주지 않는 것이 당연한 규칙이다.

그렇기 때문에 재판에 영향을 끼치고 싶다면 재판 전에 오
랜 시간, 그것도 판검사들이 볼 수 있는 장소에서 그들이 직

접 볼 수 있는 출퇴근 시간 같은 때를 이용해서 시위하거나
해야 한다.

재판하는 시간에 고작 열 명이 시위 좀 한다고 해서 법원
의 결정이 바뀌는 일은 절대로 없다.

"그건 완전히 그냥 쇼하는 거잖습니까?"

"네, 그래서 다음부터는 돈을 안 줬습니다."

차라리 그 돈으로 뇌물을 주는 게 피해자를 구제하는 데에
는 더 실용적이니까.

"그랬더니 또 개지랄을 하더군요."

"무슨 소리인지 알겠네요."

아마 처음에는 새론을 보며 호구 잡았다고 낄낄거렸을 거다.

하지만 새론이 아무런 가치가 없다고 판단하고 빠르게 손
절 하자 헛소문을 퍼트리면서 새론을 망치려고 했을 것이다.

"그래서 저희가 처음에 자리 잡는 데 고생이 많았습니다."

한인 사회에서 좋지 않게 소문이 났으니까.

더 웃긴 건 새론 필리핀 지점에서 필리핀 변호사들을 선임
해서 일하는 걸 가지고 '새론이 필리핀 셋업 범죄자들과 붙
어먹었다.'라고 소문냈다는 것.

"그다지 참신한 개소리도 아니네요."

애초에 필리핀 변호사가 아니면 필리핀에서 근무 자체가
불가능하다.

그걸 알면서도 저런 헛소리를 한다는 것에 노형진은 고개

를 흔들었다.

"뭐, 그런 일이 있었습니다."

"신경 쓰지 마세요. 이번에는 이용만 하고 버릴 거니까."

노형진의 말에 아미한은 고개를 끄덕인 뒤 의문스러운 표정으로 입을 열었다.

"그런데 여전히 이해가 안 갑니다만, 그가 외부에서 재판받는 게 이번 사건에서 무슨 의미가 있나요?"

"아, 불구속은 사실 당연한 겁니다. 저는 딱히 그걸 막기 위해 필리핀한인애국회를 이용한 게 아닙니다."

"네? 어째서요?"

"이번 재판의 목적이 뭐죠?"

"그거야……."

당연히 이 사람이 과연 본국으로 송환될 정도로 큰 죄를 저질렀는가에 관한 재판이다.

"그리고 그런 경우에 문제가 되는 건 과연 구속 상태가 정당한가죠. 그러니 실질적으로 불구속 상태가 될 수밖에 없고요."

"어째서요?"

"죄가 맞는지 판단하는 재판입니다. 심지어 그 죄는 자국 내에서 저지른 것도 아니에요. 그런 상황에서 과연 구속하고 재판할까요?"

물론 한국에서 강력하게 요구한다면 하겠지만 현재 한국 대사관은 그런 요구를 하기에는 너무 부담스러운 상황에 처해 있다.

"그래서 보통은 이런 송환 금지 신청 같은 재판은 불구속 재판이 기본입니다."

"그런데 왜 필리핀한인애국회를 움직이신 겁니까?"

"그래야 그의 운신이 좀 더 자유로워지거든요."

"네?"

"어찌 되었건 대사관에서는 그를 보호해야 하는 상황이 되었으니까요."

필리핀한인애국회에서 한 말은 대부분 헛소리지만, 그래도 틀리지 않은 말이 하나 있다.

그건 죄가 인정되지 않은 상황에서 처벌받는 것은 불합리하다는 것.

"그러니 외교부는 그를 보호할 수밖에 없습니다. 그런데 그런 외교부를 배신하면 어떻게 되겠습니까?"

"배신이라고 하신다면?"

"한국 속담에 이런 말이 있습니다. 안에서 새는 바가지, 밖에서도 샌다."

한국에서 범죄를 저지르고 필리핀으로 도주한 김진필이다.

그런 그가 여기서라고 멀쩡하게, 그리고 바르게 살 리가 없다.

"범죄자들이 필리핀에 오면 가장 먼저 찾는 것 중 하나가 여자죠."

이것이 법이다

범죄자들은, 특히 남성 범죄자들은 술과 파티 그리고 여자를 자신이 큰 거 한 방을 노려 성공했다는 하나의 증명처럼 여기는 놈들이 많다.

성공한 놈들도 그런 성향이 있는데, 하물며 크게 한탕 해서 그 돈의 가치도 제대로 모르는 놈이 과연 그런 짓을 안 할까?

"과연 그 과정에서 문제가 없었을까요?"

"흠, 무슨 소리인지 알겠네요."

필리핀은 비틀린 자본주의국가다.

어느 나라보다 자본주의의 어두운 구석이 강한 나라 중 하나가 필리핀이다.

셋업 범죄가 그렇고 매춘이 그렇고 마약이 그렇다.

"뭐라도 하나 터지겠죠. 하물며 그놈을 끌고 온 사람들이 전 경호원이었다면서요?"

노형진은 어깨를 으쓱하며 말했다.

상식적으로 전 경호원이 끌고 올 정도면 그가 그들을 제대로 대해 주지는 않았을 거라는 소리다.

아무리 그쪽에서는 김진필이 먼저 잘랐다고 주장한다지만 경호를 맡기는 입장에서 100% 그 말을 믿을 수는 없을 테니까.

그럼에도 불구하고 그랬다는 건 경호 업체 측이 이미 그가 한 짓거리에 대한 불만으로 가득하다는 소리였다.

"설마……?"

"맞습니다. 필리핀의 교도소는 아주 그냥 화끈하죠."

화끈하다 못해 엉덩이가 헐 만큼.

"궁금하네요, 뭔 짓을 했을지."

"음…… 전부를 알려 줄 수는 없는데."

이안의 연락을 받은 전 경호 회사의 대표는 눈을 찡그렸다.

"에이, 그러지 말고 좀 말해 줘요."

"안 돼. 그럴 수는 없어."

"어째서요?"

"그런 걸 알려 주면 우리 애들이 다치니까."

"쩝."

"미안하지만 안 돼."

그가 하는 말을 들어 보면 아마도 김진필이 뭐든 하기는 했을 거다.

마약을 했을 수도 있고 미성년자 성매매를 했을 수도 있다.

중요한 것은, 뭘 했든 그걸 하기 위해서는 경호원의 묵인이 필요했으리라는 거다.

'그리고 묵인만이 아니니까 문제이기는 하네.'

이안은 본인이 필리핀 사람이기에 잘 안다.

지금은 노형진에게 고용되어 이렇게 술집을 운영하고 있지만 그러지 않았다면 그는 아마도 경호원이 되었을 것이다.

실제로 여기에 고용되기 직전 경호원이라도 할까 고민하기도 했다.

할 줄 아는 게 몸 쓰는 것밖에 없었으니까.

그래서 경호원의 업무에 관해 좀 알아보기도 했다.

'경호원은 진짜 지키는 것만 하는 게 아니라 중개도 해 주니까.'

애석하게도 필리핀은 비틀린 자본주의의 나라다. 그렇기에 중개해 줄 놈들만 있다면 온갖 타락을 맛볼 수 있다.

그게 문제다. 중개해 줄 수 있는 놈들.

보통은 술집에서 부킹을 해서 즐기지만 돈이 있는 놈들이 그럴 이유는 없다.

즉, 중개해 주는 업자들 중에는 경호원도 있다는 거다.

당연히 그걸로 고발하는 순간, 중개해 준 경호원들도 처벌 대상이다.

"미안하지만 우리는 못 알려 줘."

그 말에 이안은 어쩔 수 없다는 듯 고개를 끄덕거렸다.

사실 이 정도는 이미 노형진에게서 들어서 예상하고 있던 부분이다.

"뭐, 알겠습니다."

"다른 건?"

"그러면 맞은 적은 있으시죠?"

"맞은 적?"

"네. 개인적으로 원한이 없으셨다면 경찰서로 끌고 오지 않으셨을 것 같은데."

그 말에 대표는 고개를 끄덕거렸다.

확실히 맞은 적은 있다. 심지어 여러 번 맞았다.

기분 나쁘면 경호원의 뺨을 때리고, 여자를 데리고 왔는데 마음에 안 든다고 때리고, 사 오라고 한 상품이 마음에 안 든다고 때리고. 별의별 짓거리를 다 했다.

"그랬지."

"그러면 그걸로 고발 좀 해 주세요."

"우리가?"

"그게 좋지 않아요? 그래야 이미지가 나빠지는 것도 막고."

"끙…… 하긴."

무려 15만 달러, 약 2억이라는 큰돈이 생기기는 했지만 그래도 이들의 주요 업무는 경호다.

그런데 경호원이라는 자들이 고용인이었던 사람을 끌고 왔으니 이미지가 마냥 좋을 수는 없다.

"그러니까 우리도 맞아서 어쩔 수 없이 신고한 거다 이렇게 이야기하라는 건가?"

"맞습니다."

"흠."

거짓말도 아니고, 그렇게 되면 이쪽도 손해 볼 건 없게 된다.

애초에 자기를 지켜 달라고 고용한 경호원에게 손대는 놈이 미친놈이니.

필리핀의 경호원은 단순히 주먹 좀 잘 쓰고 덩치 좀 큰 자들이 아니다.

다들 군사훈련을 받고 권총과 소총으로 무장한 병력이다.

좀 큰 가게는 죄다 무장한 경비를 두는 게 필리핀의 치안 상황이다. 그러니 그런 무장한 사람을 팬다는 것 자체가 제정신은 아닌 셈.

"좋아. 그런데 그런다고 뭐가 달라지나?"

"그걸 말씀을 드릴 수는 없고요. 뭐, 나름 두둑하게 챙기실 수 있을 거예요."

"여기서 주나?"

"에이, 여기는 가난한 술집입니다. 우리가 줄 수 있을 리가 없죠. 하지만 김진필 그 새끼가 토해 낼 거니까 걱정하지 마세요."

그 말에 사장은 하얀 이를 드러냈다.

돈은 언제나 옳으니까.

더군다나 이미 사이가 틀어진 데다 다시는 안 볼 놈이라면 더 뜯어낸다고 해서 문제 될 것도 없었다.

"그런데 말이지, 뭐 더 없나?"

그 말에 이안은 피식 웃었다.

김진필 사건 이후에 지금 필리핀 현상금 사냥꾼 업계는 시끌시끌하다.

그리고 경호원쯤 되면 부업 삼아서 사냥 좀 하고 다녀도 문제 될 건 없다.

물론 이게 돈이 되면 주업이 바뀌겠지만.

"그렇잖아도 한 건 들어올 거예요. 내일 올라갈 거고."

"미리 정보를 주는 건 안 되나?"

"규칙은 규칙입니다. 현상금은 20만 달러고요."

미국에서 큰 사기를 치고 도망친 놈이 있는데 피해자들이 모여서 돈을 건 것이다.

마이스터에서 먼저 접근했지만, 피해자들 입장에서는 손해 볼 게 없는 일이었다.

찾기만 하면 잃었던 돈은 돌려받을 수 있으니까.

"큰돈이군. 가서 애들 좀 준비시켜야겠어."

그러면서 대표는 자리에서 일어났다.

"바쁠 것 같으니까 고발은 내일 아침에 바로 하도록 하지."

"네. 그리고 가능하면 여러 명이서 하세요."

"걱정하지 마. 안 맞은 애가 없으니까."

그는 이참에 진짜 본업을 바꿔야 하나 진지하게 고민하면서 밖으로 나갔다.

⚖️

김진필에게는 날벼락이 떨어졌다.

전 경호원 놈들이 자신을 폭행으로 고소한 것이다.

그리고 자국민이 폭행당했다는 것에 필리핀 정부는 예민한 반응을 보였다.

이미 한국에서 범죄로 적색 수배까지 떨어진 놈이니 영 헛소리도 아닐 것이다. 그리고 그런 상황에서는 노형진이 끼어들 여지가 충분히 있었다.

물론 일반적인 방식으로 끼어드는 건 불가능할 거다.

하지만 최소한 불구속 수사를 구속 수사로 바꿀 수는 있다.

왜냐하면 김진필은 한국인이니, 돌아가 버리면 필리핀 정부에서는 그를 처벌할 방법이 없기 때문이다.

물론 그는 한국에 돌아가기 싫어서 재판 중이지만 그렇다고 해서 다른 나라로 가지 말라는 법은 없다.

"뭐? 실형?"

"네. 최소한 구치소에 들어가게 될 가능성이 높습니다."

"뭔 소리야? 내가 뭔 짓을 했다고!"

"경호원들을 구타했다고 들었습니다만."

다급하게 고용한 변호사는 상황을 판단하고는 비극적인 이야기를 전했다.

"그 새끼들은 맞을 만해서 맞은 거야! 그 새끼들이 일을 좆같이 했다고!"

"중요한 건 때렸다는 겁니다. 그리고 그런 경우 외국인은 구치소에 끌려갈 겁니다."

"어째서?"

"거주지가 불확실하니까요."

"아니, 나는 그……."

한국에 강제로 끌려가는 걸 막기 위해 소송 중인 거라고 항변하는 김진필.

하지만 변호사는 고개를 흔들었다.

"저도 막아 보려고 했는데 못 막을 것 같습니다. 높은 곳에서 손쓴 것 같아요."

"노, 높은 곳?"

"그래서 돈이 더 필요합니다."

"더 필요하다고?"

"손쓴 게 누군지는 모르지만 그가 한 짓거리를 막으려면 우리가 더 많은 돈을 쓰거나 더 높은 곳에 이야기해야 하지 않겠습니까?"

그 말에 김진필은 눈을 찡그렸다.

"알았어. 알아봐."

그렇게 변호사를 떠나보낸 김진필은 필리핀의 교도소와 구치소에 대해 알아보기 시작했다. 그러고는 기겁했다.

"이런 곳에 있으라고?"

지옥이 있으면 딱 이런 곳이 아닐까 하는 느낌의 공간.

먹는 것도, 자는 것도 쉽지 않고, 화장실도 제대로 쓸 수 없는 그런 공간에는 절대로 끌려갈 수 없다는 생각이 그를 좀먹기 시작했다.

그리고 그게 노형진이 바라는 바였다.

김진필은 구치소에 대한 두려움에 하루하루 무너지기 시작했다.

두려움이라는 건 사람을 천천히 갉아먹는다.

군대만 봐도 안다.

갔다 온 사람들은 '그래도 사람 사는 곳'이라고 표현하지만 처음 끌려갈 때만 해도 지옥으로 걸어 들어가는 기분이 된다.

그건 김진필도 마찬가지.

당연하게도 김진필은 구치소에 들어가는 걸 어떻게든 피하고 싶었다.

문제는 그걸 피할 방법이 없다는 것.

-구속영장이 발부되었답니다. 일단 구속적부심을 신청할 테니까…….

"이런 씨입!"

그러는 와중에 날아온 문자.

그 문자에 그의 마음속에서 인내심이 완전히 사라졌다.

그는 다급하게 짐을 챙기기 시작했다.

아니, 짐을 챙길 여유도 없었다. 지갑과 딱 필요한 물건만 챙긴 그는 다급하게 호텔에서 뛰쳐나왔다.

그는 현재 재판 중이라 다른 곳으로 거주지를 옮겨서는 안된다. 불구속 수사라 그나마 가능한 일이었다.

하지만 이미 두려움에 사로잡힌 그는 어떻게 해서든 도망가야 한다는 생각만으로 가득했다.

"어디 가십니까?"

그런 그의 상황을 알고 있던 호텔의 직원이 조심스럽게 물었다.

"어, 잠깐 뭐 좀 사러."

"다녀오십시오."

불구속 수사를 한다고 해서 입구에 경비원이나 경찰을 세워 두지는 않는다.

더군다나 지금 김진필은 마치 잠깐 주변을 갔다 오는 것처럼 가벼운 복장으로 나왔기에 상황을 모르는 호텔의 직원은 그런 그를 그대로 보내 줬다.

하지만 그는 나오자마자 바로 택시를 잡아타고 내빼기 시작했다.

물론 그는 몰랐다, 자신을 따라오는 차량이 있다는 사실을 말이다.

⚖

김진필이 내빼고 사흘이 지나자 결국 필리핀 법원도 그가 도망갔다는 걸 알아차릴 수밖에 없었다.

아무리 재판이 불구속 상황에서 이루어진다고 해도 종종 위치 확인은 해 왔으니까.

두 번이나 전화를 받지 않았기에 결국 경찰이 출동했는데, 이미 그의 방은 비어 버린 지 오래였다.

호텔의 CCTV를 확인한 결과, 사흘 전 나가서 그대로 도주.

결국 필리핀 정부에서는 당연히 하고 있던 구속적부심을 기각해 버렸다. 그러고는 바로 그를 체포하기 위해 경찰 인력을 동원했다.

물론 그렇게 도망간 놈을 잡는 건 쉬운 일이 아니다.

필리핀은 치안이 개판이고, 행정력이 전국에 미치지는 않으니까.

하지만 시기적절하게도 누군가가 익명의 제보를 해 줬고, 그 제보는 아주 정확했다.

허름한 식당에서 쌀국수를 먹던 김진필은 자신에게 다가오는 경찰을 보고 얼굴이 사색이 되었다.

"김진필?"

"이…… 이런 씨팔!"

그는 먹던 그릇을 내던지고 빠르게 뛰기 시작했다.

하지만 뚱뚱한 그가 뛸 수 있는 거리는 얼마 되지 않았다.

"아악!"

이미 대기하고 있던 경찰이 그를 잡아서 넘겨 버린 것.

"놔! 놓으라고! 그딴 곳에 갈 수는 없어!"

그는 몸부림쳤지만 그렇다고 해서 경찰이 놔줄 리가 없었다.

아니, 놔줄 수가 없었다.

"꽉 잡아!"

"놓치는 새끼들은 뒈진다!"

이들이 필사적으로 김필진을 잡는 이유는 간단했다.

그가 탈출했다는 소식에 화가 난 강선팔이 다시 한번 현상금을 건 것이다. 무려 1만 5천 달러나 말이다.

처음에 건 15만 달러보다는 많이 줄어든 금액이었지만 월 300달러도 못 받는 경찰에게는 눈이 돌아갈 만한 큰 금액이었고, 네 명의 경찰이 나눠 가져도 한 명당 4천 달러 가까이 돌아갈 돈이었다.

"아가리 닥쳐!"

"억!"

몸부림치는 김진필의 얼굴을 후려친 경찰은 아예 발목까지 묶어 버린 후에야 몸을 일으켰다.

"이런 게 마사랍 코리안인가, 하하하."

그의 얼굴은 보상금에 대한 기대로 가득 차 있었다.

⚖

김진필이 다시 체포되었다는 소식에 노형진은 다시 한번

제임스를 만났다.

"오랜만입니다, 제임스."

"그래, 오랜만이군. 지난번에 보내 준 고기는 잘 먹었네."

노형진이 보내 준 막대한 양의 고기 덕에 교도소 장악력이 훨씬 높아졌기에 그는 즐거운 기분으로 노형진을 만날 수 있었다.

"여전하군요."

"뭐, 어쩌겠나."

그는 교도소에서 나갈 수가 없다. 나가면 죽을 테니까.

아무리 사법부가 바뀌었다고 해도 여전히 제임스는 갱단을 이끄는 두려운 존재였고, 필리핀은 여전히 전반적으로 부패한 상태였기에 재판 기일을 중간에서 미루는 건 일도 아니었다.

재판 기일을 결정하는 건 사법부이기도 하지만 그걸 조작하는 건 다른 직원이니까.

문제는 아무리 두에른이라고 할지라도 그들에게까지 손댈 수는 없다는 것이다.

"그래서 이번에는 누구를 지켜 줘야 하나?"

"아, 이번에는 그건 아닙니다."

"아니라고?"

"네. 반대로 누구를 좀 족쳐 줬으면 하는데요."

"죽여 달라 이건가? 뭐, 어려운 건 아니고."

"아니, 죽이면 안 됩니다."

물론 필리핀 교도소 내부에서 누군가를 죽이는 건 어려운 일이 아니다.

하지만 죽이면 그가 감춰 둔 돈을 찾을 방법이 없다.

그래서 김진필은 무조건 한국으로 돌려보내야 한다.

"죽이는 게 아니라, 여기에 있으면 죽겠다는 생각이 들게끔 해야 합니다."

"흠, 그러니까 괴롭혀서 여기에 더는 머무르고 싶지 않게 만들길 원한다 이건가?"

"네. 한국으로 돌려보내야 하거든요."

노형진의 말에 제임스는 거대 갱단을 이끄는 보스답게 이미 상황 파악이 끝난 얼굴로 고개를 끄덕거렸다.

하지만 여전히 문제가 있었다.

"하지만 한국 놈이 여기로 올까? 대사관에서 가만있지 않을 텐데."

아무리 교도소 내부에 있다고 해도 인터넷에 스마트폰까지 다 쓰는 제임스가 한국 상황을 모를 리가 없다.

하지만 노형진은 자신 있게 말했다.

"걱정하지 마세요. 올 테니까."

"확신하나 보군."

"네."

'그럴 수밖에 없지.'

이미 한국 대사관에서 한 번 신원보증을 해 준 덕에 불구속 상태에서 재판받다가 도망갔다.

그런 상황에서 한국 정부에서 두 번째 신원보증을 해 준다고 해도 필리핀 정부가 믿을 리가 없다.

그리고 한국 정부도 그런 범죄자를 멍청하게 두 번씩이나 신원보증을 해 줄 이유가 없다.

노형진이 필리핀한인애국회를 이용한 이유가 바로 그거였다. 그들을 컨트롤해서 신원보증 가능성을 없애기 위해서 말이다.

만일 그들이 아니었다면, 어쩌면 한국 외교부는 혹시 모를 사태를 대비한다면서 신원보증을 해 줬을지도 모른다.

하지만 그걸 먼저 써 버린 이상 이제 한국 정부는 필리핀에서 그를 구속하는 것에 대해 어떤 항의도 못 한다.

"무슨 소리인지 이해했네. 방법은?"

"글쎄요. 원하는 대로 하시죠."

교도소 내부에서 어떤 방법을 쓸지는 노형진도 예상할 수가 없었다.

제임스가 가진 힘이 어느 정도인지, 그리고 얼마나 할 수 있는지 알 수 없으니 말이다.

물론 필요하다면 죽인다고 했으니 뭐든 못 할 건 없겠지만 그건 너무 선을 넘는 행위였다.

"그건 나한테 맡기겠다 이거군."

"맞습니다."

"어려운 일은 아니니 이번에는 간단하게 가지. 고기 세 번만 더 넣어 줘. 네 달에 한 번 정도 간격으로."

돈이 없는 건 아니다. 어차피 여기서 돈은 있어도 못 쓴다.

하지만 대단위로 고기를 넣어서 자신의 권력을 확보하는 건 그가 여기서 여유로운 삶을 살기 위해 절대적으로 필요한 거였다.

"그러지요."

"나중에 다른 소리 하지 말고."

"그럴 일 없습니다."

노형진은 이 말을 고기를 잘 챙겨 달라는 말로 알아들었다.

하지만 그게 오해, 그것도 크나큰 오해였다는 걸 알아채기까지는 그리 오래 걸리지 않았다.

"젠장…… 빌어먹을……. 내가 어쩌다."

김진필은 벌벌 떨면서 구치소에 들어왔다.

말이 구치소지 지옥 같은 곳이었다.

한 사람당 0.8제곱미터 미만의 공간.

그 공간에서 언제가 될지 모를 재판을 기다리게 된 김진필은 미칠 것 같은 기분이 들었지만, 이제 와서 할 수 있는 건 없었다.

"변호사 놈이 제대로 일을 해야 하는데."

다급하게 필리핀 변호사를 선임하기는 했지만 그는 뇌물을 주고 빼내려면 시간이 좀 걸린다며 참아 달라고 했다.

"우에에엑!"

하지만 구치소 안에 들어오자마자 풍기는 냄새에 그는 도저히 참을 수 없는 구토감을 느꼈다.

"이 새끼 또 이러네."

"뭐, 꼭 이런 새끼들 있잖아."

"하긴, 외국인이면 100%지."

그런 그의 모습을 보면서 간수들은 비웃음을 날렸다.

"저기로 들어가라."

김진필을 끌고 안으로 들어간 간수는 대충 한 곳을 가리킨 뒤 그를 던져 버리고는 나가 버렸다.

감옥 바닥을 나뒹군 김진필은 잔뜩 쫄아서 눈치를 보면서 그 자리로 들어가려고 했다.

하지만 그럴 수가 없었다.

"어딜 기어들어 와, 개 같은 새끼가!"

이미 그 자리에는 임자가 있었던 것이다.

정확하게는, 이미 빈자리 따위는 없었다.

"어이쿠!"

지정된 자리가 3층에 위치해 있었기에 그리로 올라가려

하던 김진필은 바닥을 나뒹굴었다.

그런 그에게 다른 범죄자들의 차가운 시선이 쏟아졌다.

"여기는 내 자리야, 이 새끼야!"

"아니, 나는 타갈로그어를 모르는⋯⋯."

"꺼지라고!"

말이 통하지 않자 결국 주먹이 날아오기 시작했고, 결국 그날 밤 김진필은 차가운 바닥에 몸을 웅크리고 벌벌 떨면서 잠을 자야만 했다.

아니, 자려고 했다.

하지만 제임스는 일을 상당히 빠르게 처리하는 사람이었다.

"이 새끼야."

"그렇군."

어두운 밤, 자신을 내려다보는 여섯 명의 사람들.

그렇잖아도 불편한 잠자리에 잠을 자지 못하던 김진필은 가슴이 덜컥 내려앉았다.

저들은 영어로 대화하고 있었기에 무슨 뜻인지 알 수는 있었지만, 문제는 그들의 눈빛이 절대로 우호적이지는 않다는 거다.

"자, 잠깐만! 뭔가 오해가 있나 본데⋯⋯."

"조져."

불행히도 오해 같은 건 없었다.

애초에 착각이라는 게 있을 수가 없었다. 이 구치소에 한국인은 한 명뿐이니까.

"으악!"

신나게 두들겨 맞기 시작하는 김진필.

그가 할 수 있는 건 온몸을 둥그렇게 말고는 그저 버티는 것뿐이었다.

거대한 타워 위에 있던 간수가 그 모습을 목격하긴 했지만 마치 아무 일도 없었다는 듯 반대쪽으로 휙 가 버렸다.

"제발…… 제발……."

"이야…… 살이 있으니 때리기도 좋네."

히죽거리던 남자들.

그때 그중 한 명이 씩 웃었다.

"이 새끼 팔하고 다리 좀 잡아 봐."

"이 새끼 또 발정 났네. 너 지난번에 한국 애들 건드리려다가 이빨 나갔잖아?"

"씨팔, 그 이야기를 왜 또 해? 그리고 그때는 네 명이었잖아. 이 새끼는 한 명이고."

"그 꼴을 당하고도 또 하고 싶냐?"

"한국 놈을 지금이 아니면 언제 먹어 보냐?"

"그래. 먹어라, 먹어."

그 말을 처음에는 이해하지 못하던 김진필은 다섯 사람이 자신을 찍어 누르고 한 놈이 주섬주섬 바지를 벗기 시작하자 무슨 일이 벌어지려는지 알아채고 얼굴이 사색이 되었다.

"아…… 안 돼!"

"이 새끼 바지 좀 벗겨 줘."

"이 새끼야, 난 남자 바지 벗기는 취미 없어. 네가 벗겨."

"그러지, 뭐. 그것도 재미지, 흐흐흐."

"으아악! 제발!"

하지만 그가 아무리 소리를 질러도, 살려 달라고 외쳐도 누구도 그에게 놀라울 정도로 관심을 가지 않았다.

그들에게는 그저 매일 밤 벌어지는 흔한 일 중 하나일 뿐이었기에 그저 피해자가 자신이 아니라는 사실에 안도할 뿐이었다.

⚖

"그게…… 증거가 없어서 처벌을 못 하겠답니다."

"뭐라고?"

김진필은 영혼이 반쯤 나가 있었다.

지난 며칠간 밤마다 잠도 못 자고 시달려야 했다.

자신을 찾아오는 게이 놈들이 한둘이 아니었기 때문이다.

그래서 변호사에게 다급하게 그들을 어떻게 해 달라고 했지만 그가 해 줄 수 있는 건 없었다.

애초에 내부에 정상적인 규칙이 없는 필리핀의 구치소다.

살인이 벌어져도 그냥 대충 넘어가는데 동성 강간?

그건 딱히 별일도 아니었다.

"언제까지 이렇게 살아야 하는데!"

"그게…… 아무리 돈을 써도 방법이…….."

"씨팔, 그러면 돈을 토해 내든가!"

하지만 이미 받은 돈을 부패한 정치인들이 돌려줄 리가 없었다.

사실 정치인들이 중요한 게 아니었다. 최소한 지금은 말이다. 왜냐하면 김진필이 그 돈을 돌려받아도 쓸 방법이 없으니까.

지금 변호사는 김진필에게 사형선고를 내려야 하는 상황이었다.

"그게 중요한 게 아닙니다."

"중요한 게 그게 아니라니?"

"누군지는 모르지만 대충 예상은 된다고 하더군요. 간수 말로는요."

"씨팔! 그러면 그 새끼들을 처벌해야 할 거 아니야!"

"그게…… 중요한 게 아니라 그게…….."

말을 잇는 필리핀 변호사의 눈에 안타까움이 서렸다.

물론 김진필의 상황이 안타까운 건 사실이다. 하지만 그럼에도 불구하고 이 말을 전해야 하는 지금 이 순간만큼은 그가 더욱더 불쌍해졌다.

"그중 몇몇은 에이즈 환자랍니다."

"뭐?"

"게이들이 에이즈에 걸릴 확률이 워낙 높다 보니까……."

더군다나 교도소는 방역이라는 것 자체가 없는 공간이다.

코델09바이러스 방지용이라고 주는 게, 한 번 받으면 교체 조차도 안 해 주는 마스크 하나뿐이다.

그런 상황에서 에이즈 환자라고 별도로 격리할 리가 없다.

"에…… 에이즈라고?"

"네. 그래서 말인데 혹시 그…… 관계할 때 콘돔을 쓰셨는지……."

당연히 교도소에 그런 게 있을 리가 없다.

그리고 그 말은 김진필이 에이즈에 걸렸을 확률이 높아졌다는 소리였다.

"아…… 안 돼! 그럴 수는 없어! 안 돼!"

김진필은 절망했다.

하지만 누구도 그의 절망을 받아 주지 않았다.

⚖️

"김진필이 합의했다고 하더군요."

"거기서 나오는 거의 유일한 방법이었으니까요."

경호원들에게 한 명당 거의 5천만 원씩을 주고 합의하고 간신히 구치소에서 풀려났다고 한다.

"그리고 한국으로 보내 달라고 애원하고 난리랍니다."

"왜 그러는지 이해가 갑니다만."

원래대로라면 여기 있으면 죽겠다는 생각이 들게 해서 한국으로 가게 하는 게 목적이었지만, 상황이 좀 이상하게 굴러가서 진짜로 여기에 있으면 죽게 생겼다.

'에이즈라니, 그건 생각도 못 했는데?'

물론 확진된 건 아니다. 아직은 말이다.

발병하는 데 시간이 좀 걸리니까.

문제는 필리핀에서는 그걸 늦출 방법도, 치료할 방법도 없다는 거다.

에이즈, 즉 후천성면역결핍증에는 제대로 된 치료제는 없지만 억제제는 있다.

실제로 한국에도 그걸 먹으면서 지내는 에이즈 환자가 많다.

문제는 필리핀에서는 그걸 안 준다는 거다.

애초에 감옥에 있는 에이즈 환자 따위 언제 죽어도 상관없다 생각하는 나라가 아닌가?

만일 에이즈에 걸린다면 감기에도 죽을 수 있으니 지옥 같은 필리핀의 위생 상황은 그냥 사형선고나 마찬가지다.

그러니 김진필은 살기 위해서라도 한국으로 보내 달라고 애원할 수밖에 없었다.

"뭐, 상황이 좀 비틀리기는 했는데."

노형진은 씩 웃었다.

"마무리는 한국에서 하면 되겠네요."
그리고 한국은 노형진의 전문 영역이었다.

다음 권으로 이어집니다